KB151117

마녀엄마

육아를 빙자한 마녀 체력 엄마의 성장기록

이영미 지음

남해의봄날

'열광하는 엄마의 힘'을

몸소 보여 주신

두 어머니께 드립니다

나는 아이에게 좋은 부모가 되고자 안달하기보다
먼저 한 사람의 좋은 벗이 되고
닮고 싶은 인생의 선배가 되고
행여 내가 후진 존재가 되지 않도록
아이에게 끊임없이 배워가는 것이었다

-박노해의 시 '부모로서 해줄 단 세 가지' 중에서

엄마로 살면서, 더 나은 사람이 되었다

〈마녀체력〉을 쓰고 나서 뒤늦게 출세를 했다. 쉰 살 넘은 여성 편집자가 체력 얘기를 한 게 이채로웠나. 단 하루로 끝나긴 했지만, 두 온라인 서점 판매 1위를 찍었다. 지금껏 기를 쓰고 만들었던 200여 권의 책이 도달해 보지 못한 쾌거다.

각종 미디어를 통해 인터뷰 요청이 물밀 듯 쏟아졌다. 세어 보진 않았지만 얼추 70군데가 넘은 듯하다. (TV 방송만 빼고) 단 한 건도 거절한 적이 없다. 돈 한 푼 안 나올 텐데 뭘 그리 신나게 떠들었냐고? 취재를 요청해 온 기자들 자체가 '마녀체력'이 절실한 여성 후배들이었다. 한 사람의 마음을 움직일 수 있어야 천 명, 만 명의 심정도 울릴 수 있는 법이다.

지역 동네서점을 돌았다. 처음엔 일곱 명을 앞에 앉혀 놓고 내 얘기를 시작했다. 어느새 그 숫자가 수백 명을 넘어섰다. 떨리지 않는 척하며 무대에 섰던 〈세바시〉 동영상은 130만 뷰가 넘었다. 이럴 줄 알았으면 좀 빼입고 나가는 건데. SNS를 통해 맺은 인연까지 합치면 어마어마한 사랑을 받았다. BTS가 부럽지 않다. 반평생 뒤끝에 이런 날이 기다리고 있을 줄이야!

강의가 끝나면 청중에게 질문을 받았다. 가장 궁금해 하는 건 크게 두 가지였다. 그렇게 운동을 해도 몸 상태, 특히 무릎 관절이 괜찮은가? 타고난 건지 모르겠지만, 아직까지 별 문제 없다. 특별한 관리법 같은 게 있을 리가. 그저 크게 무리하거나 욕심을 부리지 않아서 그런 것 같다. 천천히, 조금씩, 그리고 꾸준히 하는 운동은 몸을 점점 강하게 단련시킨다. 50대 중반인 지금, 내 육체는 아직도 절정을 향해 오르고 있다.

또 하나의 질문은 이랬다.

"엄마나 주부로만 살기도 바쁠 텐데, 직장까지 다니면서 대체 언제 운동을 했나요?"

첨엔 별 생각 없이 "잠을 줄이고 새벽이나 밤늦게"라고 말했다. 그 대답이 반복되면서 뭔가 찝찝해지기 시작했다. 정말 그랬나? 25년을 회사형 인간으로 살아온 워킹맘이 어떻게 마녀체력이 된 거지? 그리하여 천천히 내 삶을 되짚어 보기 시작했다.

이런! 잘난 척은 혼자 다 했는데, 알고 보니 행운아였다. 화톳불처럼 질긴 헌신으로 두 어머니가 허술한 내 빈틈을 메워 주셨다. 본인이 누린 자유만큼 아내의 독립성을 인정한 남편의 덕도 무시할 수 없다. 무엇보다, 이 모든 관계의 중심에서 태풍의 눈처럼 큰 영향력을 발휘한 건 내 아이였다.

누구보다, 아이를 잘 키우고 싶었다. 허나 마음만 앞섰을 뿐이다. 일하는 엄마로 살면서 안달복달하고 시행착오를 거듭했다. 얼른 정신을 차렸으니 망정이지, 하마터면 평생 자식과 덜거덕거리는 불행한 저질 체력으로 살 뻔했다. 고달픈 육아만큼 여자의 정신과 체력을 갉아먹는 일도 없으니까. 내가 택한 최선의 부모 노릇은 "엄마나 잘 살자"였다. 그렇게 단단히 먹은 마음을 내 삶 챙기기, 체력 키우기로 실천한 것이다. 나 자신한테로 관심이 쏠리면 어떻게든 시간은 틈틈이, 절로 날 수밖에 없다.

〈마녀엄마〉는 평범한 여성이 아이를 통해 '진짜 엄마'로 성장해 나가는 이야기다. 일터에서 편집자 후배들에게 똑바로 발자국을 남기듯, 아이한테도 폼 나는 인생 선배가 되고 싶었다. 엄마라고 몸 버려 가며 희생하거나, 돈 써 가며 유세 떨거나, 내 뜻대로 몰아붙이는 짓은 안 하기로 했다. 대신 내 몸부터 단단해지고, 넓은 세상으로 손 내밀고, 깊은 영혼을 지니는 데 몰두했다. 그렇게 엄마로 살면서, 더 나은 사람이 되었다. 내가 아이를 키운 줄 알았는데 아이가 나를 키운 셈이다. 육아育兒가 아니라 육아育我를 했다!

한 명 한 명, 나처럼 소박한 엄마들이 모여 자기 몸을 위해 달리는 걸 보고 싶다. 동네책방에 뭉쳐 책 읽고 생각을 나누면서, 넓어지고 깊어지길 바란다. 끝내 자유로워지기를 응원한다. 본인 안의 속박과, 바깥으로부터의 편견과, 성적인 억압에서. 끝끝내 삶의 소멸과 그 이후의 두려움에서도 벗어나시라.

아이를 키우는 건 힘겹고 고통스러운 일이 아니다. 인생의 절반 이상을 함께하는 살가운 동반자가 생긴 것이다. 애면글면 걱정하고 미리 불안해할 필요가 없다. 화분에 심은 꽃을 들여다보듯, 가끔 물을 주고 죽은 잎을 따 주면 된다. 사랑스러운 눈빛으로 바라보는 게 가장 강력한 엄마의 힘이다. 가든 디자이너 오경아가 쓴 〈소박한 정원〉에서 그 지혜를 다시 배운다.

"씨앗들은 언제 흙을 뚫고 올라와야 하는지, 언제 꽃대를 올리고 꽃을 피울지, 어떻게 씨앗을 다시 맺어야 하는지 안다. 지구에 잉태되어 태어난 모든 생명체의 유전자 안에는 이런 삶의 지혜가 다 담겨 있다. 그러니 키운다는 말은 애초 잘못된 단어일지도 모른다. 자식, 식물, 동물… 그건 키우는 게 아니라 이해의 일이고 잘 자라 줄 것이라는 믿음의 일이기도 하다."

한 가지만 잊지 말자. 엄마인 우리도 그런 씨앗에서 자라났다.

차 례

좁은 방에서 뛰쳐나와, 넓어지고

고된 시간을 다독이며, 깊어지고

서로의 그늘에서, 자유로워지는 것

연약한 생명을 보듬어,

단단해지고

스무 살짜리가 한 엉뚱한 결심

대학교에 입학하자마자 아르바이트 자리가 생겼다. 두 건이었다. 이웃의 부탁을 받아 아이 공부를 봐주기로 했다. 운이 좋게 둘 다 초등학교 6학년이었다. 교과서를 한 번 훑어보고 두 명을 가르치다니. 나로서는 쉽고도 쏠쏠한 돈벌이였다.

일하는 엄마 대신 할머니가 키우는 여자아이는 차분했다. 늘 공부할 준비를 해 놓고 기다렸다. 어쩌다 시간에 늦기라도 하면 내가 다 민망할 정도였다. 학교에서 특기로 배운다는 그림 실력이 범상치 않았다.

한편 남자아이는 성격이 좋아 시원시원했다. 수업 내내 말이 많았지만 대답도 잘해서 밉지 않았다. 전업주부인 엄마는 아이한테 꽤 신경을 썼다. 매번 맛있는 간식을 준비해 방에 들여놨다. 쉬는 시간이면 둘이서 깨끗하게 먹어치웠다.

몇 달 후 고민이 생겼다. 시간이 갈수록 두 아이의 실력 차가 점점 벌어지는 거다. 내 딴에는 똑같은 시간을 할애해서 성실하게 가르치는데도 그랬다. 나이만 같지, 가정 분위기나 타고난 성격이 달랐다. 애써 두 아이를 비교할 일이 아니었다. 그럼에도 얼뜨기 과외 선생이 내린 결론은 한 가지였다.

'학교가 달라서 그래!'

실제로 교과서는 똑같아도, 시험지를 보면 수준 차이가 나긴 했다. 여자아이네 쪽이 문제가 잔뜩 꼬여 있어서 풀기 어려웠다. 수업 진도도 한두 과정쯤 빨랐다. 변두리 동네의 고만고만한 아이들 틈에서 자란 내게는 다소 충격이었다. 초등학교 때부터 이렇게 다를 수 있구나.

선입견은 죽순처럼 솟아나 대나무처럼 단단해졌다. 두 아이가 가진 장점과 단점이 다 학교 탓으로 보였다. 아이 성향이나 양육 방식 같은 건 중요해 보이지 않았다. 무엇보다 좋은 학교에서 공부해야 한다는 '어설픈 맹모삼천지교' 추종자가 탄생한 것이다.

이 단편적인 경험을 통해 스무 살짜리 대학생은 마음을 굳혔다. 출산은커녕 결혼조차 할지 안 할지 모르면서 아이에 관한 최초이자 구체적인 계획 하나를 먼저 세웠다.

"애를 낳으면 무조건 사립 초등학교에 보낼 거야."

학비가 몇 배나 더 든다는 걸 몰랐다. 추첨에 붙어야만 들어갈 수 있다는 상식도 없었다. 어떤가, 이쯤 되면 치맛바람깨나 날릴 열혈 엄마로 살 가능성이 엿보이지 않는가?

아이 낳기 전에 잘한 일 한 가지

남편과 연애하던 시절, 둘 다 직장인이었다. 돈을 벌어도 여전히 대학생 수준에서 벗어나질 못했다. 멀리 놀러 간 데가 겨우 서울 외곽이었다. 신촌역에서 비둘기호 완행 열차를 타고 백마역이나 장흥역에 내렸다. 허름한 주점 에서 막걸리에 파전 하나 먹고 오는 걸로 족했다.

조금 더 시간과 용기를 낸 날은 춘천까지 진출했다. 배 타고 청평사에 갔다가 '이디오피아'에 들러 커피를 마시는 게 인기 코스였다. 까딱하면 배나 버스가 끊겨서 집에 못 갈 수도 있었다. 지금이야 자전거를 타고 아침 에 출발해서 점심으로 닭갈비를 먹고 되돌아오는 거리 다. 그때는 심리적으로 까마득하게 멀었다.

그날은 일요일 오전에 만나 기차를 탔다. 백마역 근 처 '화사랑'이라는 주점에 자리를 잡았다. 대낮부터 막 걸리를 마시고 불콰해진 얼굴로 웃었다. 그때 옆자리에 서 아이 목소리가 들렸다.

"아빠, 여기는 신기한 게 참 많아요. 다음에 또 데리 고 와 주세요."

너덧 살쯤 되었을까. 식탁 높이보다도 작은 어린애

가 꼬박꼬박 존댓말을 쓰는 게 아닌가. 엄마, 아빠는 흐 뭇한 표정으로 아이와 말을 주고받았다. 나나 남편은 성 인인데도 여전히 부모에게 반말을 쓰던 처지였다. 부끄 러움과 부러움이 뒤섞여 아이에게서 눈을 떼지 못했다. 귀가 자꾸 옆으로만 쏠렸다. 얼큰하게 취한 커플은 급기 야 이렇게 소곤거렸다.

"우리도 애가 생기면, 꼭 존댓말부터 가르치자."

만난 지 얼마 되지도 않은 남녀가 김칫국부터 벌컥 대다니. 이상한 건, 그런 계획이 섣부르다거나 전혀 어색 하지 않았다. '조만간 결혼해서 애를 낳자'라는 일종의 프러포즈로 받아들인 게 아닌가 싶다.

두 사람은 뚝딱 결혼식을 올렸다.(첫 만남부터 결혼을 결정하기까지, 실제로는 하루도 걸리지 않았다. 〈마녀체력〉을 읽 은 분은 이미 알 거다.) 어영부영하다가 1년 반 만에 아이를 낳았다. 술 마시며 했던 약속을 까먹지 않은 게 용했다. 누가 먼저랄 것도 없이 자연스레 실행에 옮겼다.

뭔가 우리만의 특별한 방법이 있었던 건 아니다. 아 마도 처음엔 모든 어미에 '요'자를 붙인 것 같다. 한동안 온 식구가 '하자요, 먹자요' 같은 이상한 대화를 나눴다. 내 기억에 아이는 떼를 부릴 때조차 반말을 쓰지 않았다.

크면서 고칠 수 있는데 괜히 서둘렀나? 부모와 좀

더 격의 없이 지내는 게 좋았을까? 아이가 말이 적어지면 간혹 궁금할 때가 있다. 하지만 백번 생각해도 잘한 일이다. 어디서든 누구에게든, 말을 예쁘게 하는 아이로 자랐으니까. 예민한 사춘기 시절에도 지켜야 할 선을 넘긴 적이 없다. 거기에 장단을 맞추려면, 부모 또한 쨍하게 목소리를 높이지 못하는 법이다.

코맥 매카시의 소설 〈로드〉에는 구원을 찾아 헤매는 부자가 나온다. 자식을 지키려고 안간힘을 쓰는 아버지. 절망 속에서도 선한 마음을 지켜 내는 어린 아들. 공포를 숨겨야만 하는 아버지에게 아이는 늘 조심스럽게 묻고, 진지하게 부탁한다. 그래서 더 절박했고, 마지막까지 희망의 끈을 부여잡을 수 있었다. 나 역시 늘 그런 식으로 아이와 대화를 나눴다. 어린아이가 쓰는 존댓말에는 세상과 어른에 대한 선한 기대감이 담긴 것처럼 들린다.

부부끼리도 말을 높였다면 어땠을까. 여태껏 '여보, 당신' 소리를 해 본 적이 없다. 약속한 것도 아닌데 남편 역시 마찬가지다. 쉰 살이 넘어서도 우리는 처음 만났을 때처럼 여전히 '너, 나'를 쓴다. 남들 앞에서는 성까지 붙여서 이름을 부른다. 죽을 때까지 그 말버릇은 고치지 않을 생각이다. 부부는 존경이나 예의보다, 격의 없고 친근한 사이가 더 낫다고 핑계를 대면서.

아이 낳기 전에 못한 일 한 가지

대학 졸업 후, 처음 책을 만들었던 M출판사. 매달 문학 잡지까지 내는 곳이라 직원이 꽤 많았다. 입사하고 보니 편집장 빼고, 결혼한 여성이 한 명도 없었다. 물론 결혼하면 직장을 그만두어야 한다는 사규가 벽에 걸려 있지는 않았다. 스스로 그만두든가, 최대한 결혼을 미루는 눈치였다.

　그러거나 말거나, 1년 된 신입사원이 냉큼 결혼식을 올려 버렸다. 알아서 그만두기는커녕 배가 산만큼 부풀 때까지 버텼다. 그 덕에 출판계 선후배와 인연을 많이 맺었다. 유명 작가의 작품을 원 없이 읽었다. 무엇보다, 생경한 '하루키 월드'를 처음 접한 곳이기도 하다.

　부부가 아이를 가지려면 몸과 마음을 정길히 준비하라고 했던가. 드라마를 보면 그런 일은 여전히 드문 듯하다. 뜻하지 않게 임신을 하고, 남편에게 깜짝 고백을 하는 것이 진부한 클리셰니까. 우리 현실도 그랬다. 전세 대출금을 갚으려면 월급을 받아야 했고, 한동안 피임을 했다.

　"이러다 불임이 되는 거 아닐까?"

쓸데없는 걱정을 하자마자 덜컥 아기가 들어서는 바람에 얼마나 허탈했는지.

출근 준비를 하면서 텔레비전을 틀어 놓곤 했다. 어린이용 프로그램으로 제작한 '인형극'이 인기였다. 김유신 장군과 평강 공주 시리즈가 끝나고, 하필 '바보 달봉이'가 주인공이었다. 바보지만 지극한 효자여서 하는 짓마다 애틋했다. 배 속 아기의 성별도 모른 채 '달봉이'라고 부르기 시작했다. 흥이 날 때는 둘이서 배를 어루만지며 주제가를 불러 줬다.

"달봉아, 달봉아, 뭐하니. 달달봉아, 달달봉아, 뭐하니."

예비 부모들은 거의 비슷할 것이다. 태명을 짓고 아기가 건강하게 태어나기를 기다린다. 그런데 사실 중요한 건 태명이 아니다. 평생 남들에게 불리는 진짜 이름이다. 우리는 바쁘다는 핑계로 생각을 미뤘다. 돌림자를 넣어야 하나 싶어서 주저했다. 믿지도 않는 사주팔자 같은 게 맘에 걸리기도 했다. 그러다가 부모의 커다란 의무 중 하나를 방기하고 말았다.

이름은 뚜렷한 자아를 형성하는 데 도움이 된다. 하는 일에 따라서는 인상을 좌지우지 할 수 있다. 많은 사람들이 전화번호나 자동차 번호판조차 외우기 쉽고 좋은 숫자를 얻으려고 머리를 굴린다. 하물며 자식 이름을 짓는 중대사 아닌가.

임신한 순간부터 부모가 머리를 맞대고 오래오래 고민해야 한다. 의미가 사라진 돌림자를 넣거나, 작명가에게 맡길 일이 아니다. 이왕이면 특별한 스토리나 간절한 바람을 넣어 지으면 좋겠다. 그 마음이, 이름을 부를 때마다 무의식중에 전달될 것이다. 미리 점지해 두지 않으면 부랴부랴 짓게 된다. 갓난아기 뒤치다꺼리로 정신 줄을 놓은 사이에 출생신고를 해야 할 날이 불쑥 닥친다.

내가 그런 실수를 저질렀다. 정작 본인은 학창 시절 내내 이름 뒤에 A, B, C가 붙는 흔한 이름을 싫어했으면서 말이다. 심지어 문학을 전공한 편집자가, 소중한 아이에게 주고 싶은 이름 하나를 생각해 놓지 못했다. 코앞에 닥쳐 보니 흔하디 흔한 성에다, 돌림자는 더할 수 없이 촌스러웠다. 어떤 글자를 붙여도 시골 아저씨 분위기가 풍길 게 뻔했다.

농담을 잘하시던 시아버지는 태어난 날로 '구칠이'는 어떠냐며, 내 조급함에 불을 지폈다. 결국은 시어머니가 용하다는 작명가에게 이름을 세 개 받아 오셨다. 셋다 썩 마음에 들지 않았다. 게다가 하필 돌림자를 넣는게 사주에 좋다나.

잠을 못 자 어리벙벙한 데다 별 대안이 없던 산모는,

콩나물 다듬듯 대충 하나를 골랐다. 사립학교나 존댓말 같은 머나먼 계획은 둘째 치고 이름이나 잘 지어 놓을걸. 책 제목을 짓는 노력의 반만 했어도 근사한 이름의 주인으로 살았을 텐데.

〈동전 하나로도 행복했던 구멍가게의 날들〉을 지은 이미경 화가도, 나와 앞을 다툴 만큼 흔한 이름을 가졌다. 섬세하고 다정한 그림을 그리는 그이가 만약 남다른 이름을 가졌다면 어땠을까. 어릴 적에 너무 흔한 이름이라고 투덜대면 아버지께서 그러셨단다. "이름이 부르기 쉽고 편안해야 삶이 순탄하다"고. 자식에게 평범한 이름을 준 부모의 마음은 다 같을 거라고, 그나마 위안을 얻었다.

예전에는 이름을 바꾸는 게 아주 큰일이었다. 약식 재판까지 하는 번거로운 과정이었다. 요즘에는 쉬워졌다고 해서 아이한테 슬쩍 물어봤다. 다행히 자기는 이름에 별 불만이 없단다. 정 하고 싶으면 엄마 이름이나 바꾸라나. 〈마녀체력〉을 내기 전에 고민했어야 하는데 또 기회를 놓쳤다! 혹시나 손주가 생긴다면, 그때는 할머니의 바람을 담아 '박수'라는 이름을 강력히 밀어 볼 생각이다.(내가 생각하는 '박수'와 영 다른 의미로 놀림을 받으면 어쩌지.)

아침마다 꺼이꺼이 눈물이 났다

치마폭으로 호랑이가 뛰어드는 태몽? 그런 신호는 사전에 없었다. 갑자기 생리를 안 하니 임신인가 짐작했다. 기쁨에 겨워 아내를 빙빙 돌리는 남편? 그런 낯간지러운 일도 벌어지지 않았다. 계획한 건 아니지만, 그렇다고 계획하지 않은 것도 아닌 수순. 드디어 '올 것'이 왔구나.

장차 내 몸에 찾아올 변화는 걱정의 우선순위가 아니었다. 엄마나 시어머니, 주인집 아주머니도 다 해낸 일인데, 뭘. 오히려 현실로 다가온 문제들 때문에 마음이 복잡해졌다. 각자의 집에서 탈출해 소꿉놀이하듯 살던 신혼집은 일종의 해방구였다. 조만간 그 자유가 끝날 거라는 사이렌이 울려댔다. 애를 누구한테 맡겨야 하나. 아기를 낳기 전에 이사부터 해야 할까.

3년 차 편집자로, 한창 책 만드는 재미를 익혀 가던 때였다. 동갑내기와 또래가 많아서 회사 생활이 즐거웠다. 동료들은 그대로 남는데 나만 회사를 다니지 못할까 봐 두려웠다. 그전에 여성 사원이 공식적인 출산 휴가를 받아 본 전례가 없다고 했다. 가능하면 임신한 티를 내지 말자고 맘먹었다.

그런 긴장이 한몫을 했나. 초반엔 남다른 변화를 감지하지 못했다. 다만 배 속에서 가느다란 물줄기가 흐르는 것 같았다. 청진기를 대고 들으면 '졸졸졸' 소리가 날 것처럼 끊임없이 액체가 움직이는 기분이었다. 이런 게 태동인가 싶었다.

심하면 입원까지 한다는 입덧도 수월하게 넘어갔다. 밥 냄새가 싫지 않았고, 특별히 먹고 싶은 게 떠오르지 않았다. 한밤중에 딸기를 사오라고 남편을 내보내는 무소불위의 호강을 부리지 못했다.

딱 한 번, 시아버지 차를 타고 시외로 밥을 먹으러 가다가 앉은자리에서 된통 토한 적이 있다. 어쩌면 그것도 차멀미였을지 모른다. 온통 시큼한 냄새가 풍기는데도 온 가족이 내 눈치를 보며 절절 맸다. 며느리가 마리 앙투아네트라도 된 듯, 눈을 감고 말을 아꼈다.

'이게 뭐지?' 싶게 힘들었던 건 임신 중기부터 시작된 소화불량이었다. 식도에서부터 위까지 이어지는 부위가 답답했다. 급하게 먹은 찹쌀떡 서너 개가 통째로 걸려 있는 것 같았다. 목구멍으로 손을 깊숙이 집어넣어 시원하게 파내고 싶었다. 배 속의 아이가 커져서 위를 눌러 생기는 증상이라니, 소화제를 먹어도 소용없을 터였다. 사이다를 마시면서 가짜 트림으로 뇌를 속이는 수밖에.

배꼽이 튀어나오도록 배가 커졌을 때는 하필 한여

름이었다. 사상 최고의 무시무시한 폭염이 연일 기록을 경신하던 해였다. 내 사전에 임신부 티가 나는 헐렁한 원피스는 없을 거라고 장담했던가. 그 고집은 일찌감치 두 손, 두 발을 다 들었다. 날씨는 덥고 체온은 높았다. 배를 조금이라도 누르는 옷은 숨이 막혔다.

회사엔 에어컨이라도 있으니 힘들어도 출근하는 게 나았다. 퇴근하면 전세방의 좁은 화장실에 옷을 벗고 앉았다. 몸에다 물을 뿌려대면서 하염없이 더위를 식혔다. 그때는 맞벌이 신혼부부에게 에어컨은 상상도 못할 고가품이었다. 자린고비가 굴비 걸어 놓듯, 선풍기 앞에 얼음을 매달아 놓고 시원하다며 웃었다. 그저 둘이 같이 있는 것만으로도 행복했던 순박한 시절이었다.

지금도 길을 가다 배부른 여성을 보면 마음부터 짠하다. 몸 안에서 '내 것이면서도 내 것이 아닌' 생명체가 자라는 낯선 느낌. 그 이물감을 견디는 상태가 어떤 건지 생생하게 기억나기 때문이다. 시고니 위버의 몸을 숙주 삼아 자라는 '에이리언'을 보면서 나도 모르게 소름이 돋았다. 똑바로 누워도 편치 않고, 옆으로 몸을 세워봐도 결렸다. 하루만 엎드려 자면 소원이 없을 것 같았다. 밤새 뒤척이며 하루빨리 이 고통에서 벗어나기만을 바랐던 나날들.

그나마 소화불량과 폭염, 이물감은 말없이 감수했다. 정작 나를 가장 괴롭힌 것은 따로 있었다. 무더운 날씨가 이어져도, 배가 보름달처럼 부풀어 올랐어도, 나는 임신한 여자이기 이전에 직장인이었다. 사내에 결혼한 여성 편집자도 없는 마당에 임신까지 했으니 몹시 눈치가 보였다. 출근 시간에 늦고 싶지 않았다.

당시 러시아워의 지하철이나 엘리베이터는 상상을 초월할 만큼 혼잡했다. 한 사람이라도 더 차 안으로 밀어 넣기 위한 '푸시맨'이 있을 정도였다. 이리저리 쏠리는 사람들 틈에 배가 짓눌릴까 봐 덜덜 떨었다. 혹시라도 배 속의 아기가 다치면 어쩌나 온몸의 털이 곤두섰다. 매일 아침마다 꺼이꺼이 목 놓아 울고 싶었다. 무지막지한 세상에서 나약한 생명체를 품은 어미의 절박한 보호 본능이었다. 어느새 나 자신보다 더 지키고 싶은 존재가 생긴 것이다.

몸무게가 급격하게 불어서 낮은 신발을 신었는데도 발바닥이 아팠다. 아기와 똑같은 무게의 복대를 배에 차고 '가상 임신 실험'을 해 본 남자들이 깜짝 놀랐단다. 당해 보지 않으면 지레짐작 할 수 없는 고통이다. 어깨며 등이며, 그 무게를 버티느라 안 아픈 데가 없었다. 몇 번씩 임신과 출산을 되풀이한 여성들은 대체 어떤 각오를 한 걸까. 그럼에도 지구상에 꾸준히 아기가 태어나고 있으니 놀라울 뿐이다.

　여기서 낮은 출생률이나 여성 복지에 대해 논하고 싶진 않다. 다만 내 경험에 비추어 몇 가지만 당부하련다. 임신한 여성은 출산 전에 쉬어야 할 권리가 있다. 러시아워를 피해 출퇴근 시간을 조정하는 등 편의를 봐 줘야 한다.

　지하철과 버스에 지정해 놓은 핑크색 전용 좌석은 괜히 있는 게 아니다. 스스로도 당황스러운 몸의 변화로 힘겨운 예비 엄마들이 언제든 당당하게 앉을 수 있도록 비워 놓으시라. 제발 보호해 주고 양보해 주고 어여쁜 눈으로 쳐다봐 달라. 여린 생명을 무사히 세상에 내놓기 위해 분투하고 있는 애틋한 전사들을.

설마 저 못생긴 아기를 낳았다고?

출산일이 다가오자 엄마는 돼지고기를 삶아 주며 자꾸만 먹으라고 했다. 비계를 많이 먹어야 아기가 쑥쑥 잘 나온단다. 온몸에 비계 기름을 바르고 나오는 것도 아닌데, 그럴 리가 있나. 그래도 꾸역꾸역 집어먹었다. 긴 시간 동안 굶은 채로 진통에 시달릴지도 모르니까. 그때를 대비해 지방과 단백질을 축적하라는 민간요법이라 믿기로 했다.

네 발 달린 짐승처럼 엎드려 걸레질을 시키기도 했다. 그래야 자궁이 빨리 열려 아기가 나오기 쉽다나. 대충 닦는 둥 마는 둥 했는데도 효험을 본 건가? 예정일은 아직 열흘이나 남았건만 아침에 일어나니 배가 살살 아프기 시작했다. 어? 출산 책에는 초산일 땐 1시간 간격으로 진통이 온다고 했는데? 시간을 재보니 이미 15분 간격이었다.

당황한 아빠는 응급차를 불러 기다리는 것보다, 본인이 운전하는 게 빠르다고 판단했다. 만약을 위해 준비했는지 차에는 빨간 경광등까지 돌아가고 있었다. 아픈 배를 부여잡은 와중에도 아빠의 폼생폼사가 웃겼다.

별 생각 없이 회사에서 가까운 병원을 다녔다. 알고 보니 산부인과로 유명세를 떨치는 곳이었다. 평소 진료실도 붐볐지만, 분만을 기다리는 대기실 풍경은 그야말로 아수라장이었다. 강원도 덕장에 걸어 놓은 명태처럼 침대가 즐비했다.

산모들이 제각기 고통을 호소하며 몸을 비틀고 비명을 질러댔다. 아무리 아프다고 새된 소리로 의사를 불러도 소용없었다. 분만 순서는 정해져 있는 듯했다. 진통 간격이 줄어들 때까지 기다려야만 했다. 심한 경우엔 꼬박 24시간을 누워 있기도 했다. 신참인 나는 맨 끝 침대로 옮겨졌다. 초진을 하던 젊은 레지던트가 고개를 갸웃거렸다.

"이 산모, 벌써 자궁이 열렸는데요?"

꽉 막힌 고속도로에서, 전용차선에 올라탄 기분이었다. 곧장 개인 분만실로 직행했다. 신호를 어긴 것도 아닌데 다른 산모들에게 미안했다. 억! 소리가 날 정도로 본격적인 진통이 찾아왔다. 이런 게 바로 '형언할 수 없는 고통'이구나. 천장이 샛노랗게 보인다더니 진짜 그랬다. 보이지 않는 커다란 손이 행주 짜듯 배를 비틀었다 놨다 하는 것 같았다.

변비 환자처럼 주먹을 꽉 쥐고, 마지막 힘을 한곳에 모았다. 그 순간 아기가 몸속에서 쑤욱 빠져나오는 걸 느꼈다. 병원에 들어선 지 고작 1시간 반 만에 벌어진 일이다. 세상에 나와 처음 빛을 본 갓난아기는 '응애응애' 울어야 하지 않나? 내가 처음 들은 건, 누런 가래가 낀 노인네처럼 캑캑대는 소리다. 사람들이 급하게 우왕좌왕하는 분위기였다. 혹시 뭐가 잘못된 게 아닌지 가슴이 울렁거렸다.

찢어진 상처를 꿰매는 것 같긴 한데, 아무런 아픔도 못 느꼈다. 조금 전까지 괴롭히던 끔찍한 진통에 비하면, 작은 가시가 박힌 것처럼 따끔대는 수준이었다. 얼마나 힘을 줬는지 눈 흰자에 핏줄이 터졌다. 내 인생 최고의 추레한 모습으로 망연히 누워 있었다. 무엇보다 불안감이 엄습해서 내 몸 같은 건 어찌되든 상관없다는 생각이 들었다.

아기가 자궁 속에서 태변을 먹었단다. 엄마 배 위에서 잠깐의 안정도 취하지 못한 채 인큐베이터 안으로 들어갔다. 입원실로 옮긴 뒤에야 그 말을 전해 들었다. 다들 괜찮다고 하는데도 내 눈으로 확인하고 싶었다. 정신을 차리고 어기적어기적 걸어서 아기를 보러 갔다.

태교 삼아 붙여 놓은 사진 속 아기들은 하나같이 뽀얗고 오동통했다. 내 아기는 아무리 점수를 후하게 주려고 해도 예쁘지 않았다. 산도를 힘들게 빠져나오느라 머리통이 꼭 늙은 오이 같았다. 배 속에서 일광욕을 했을 리도 없는데 피부는 까맸다. 가뜩이나 길쭉한 이마에 머리 깎은 자국이 선명했다. 거기에 링거 줄까지 주렁주렁 달았으니, 지금까지 내가 본 어떤 아기보다도 딱하고 흉측한 몰골이었다.

'설마… 내가 저런 아기를 낳았단 말이야?'

아기 침대에 매달린 산모 이름을 몇 번이나 확인했다. 그럴 리가 없다고, 주저앉아 엉엉 울고 싶었다. 하지만 내가 여기서 눈물을 보일 순 없었다. 옆에 계신 부모님들도, 남편도 차마 말을 잇지 못했다. 그때 남몰래 결심을 한 것도 같다. 누가 뭐래도 내 아기야. 내가 평생 오롯이 지켜주고 책임질 거야.

일주일 만에 퇴원해서 산후조리를 위해 친정으로 갔다. 아기는 같이 오지 못했다. 2주 정도 더 병원에 남아 치료를 받아야 했다. 아기가 빨지 않는 젖이 퉁퉁 붓는 바람에 새로운 통증이 시작됐다. 유축기로 초유를 짜서 냉동실에 보관해 놓을 마음의 여유도 없었다. 하루하루 초조한 시간을 보냈다.

남편과 나란히 누워 자면서도, 아기에 대해선 별 얘기를 나누지 않았다. 혼자서 병원에 아기를 보러 다니는 눈치였다. 둘 다 애가 바짝바짝 타들어 가서 밤새 뒤척거렸다. 아기가 보고 싶어, 화장실에 앉아 훌쩍대기도 했다. 아픈 아기를 앞에 두고 얼굴이 못났다고 탓하다니. 벌을 받아도 싼 엄마였다. 젖몸살쯤이야 약과였다. 아기만 잘 낫는다면. 꿰맨 데가 덧나도 불평할 수 없었다. 아기만 건강하다면.

아기를 퇴원시켜도 좋다는 의사의 허락이 떨어졌다. 목 빠지게 콜을 기다리던 대리 기사처럼 아빠와 남편이 부리나케 달려 나갔다. 눈을 감고 누워서 믿지도 않는 온갖 신들을 간절히 찾았다. 양쪽 집안 조상의 귀신들한테까지 빌고 싶은 심정이었다.

초인종이 울리고, 남편이 아기를 안고 들어왔다. 상기된 얼굴이 천년쯤 감수한 것처럼 보였다. 아기를 조심스럽게 안겨 주면서 수줍게 말했다.

"있잖아, 애기 얼굴이 좀 괜찮아졌어."

세상에, 이게 괜찮아진 거라고? 태어난 지 3주 만에, 아기는 '박씨 부인'처럼 허물을 벗었다. 링거 바늘을 뺀 머리통은 동그랗게 자리를 잡았고, 그새 머리털이 자라 수북했다. 뽀얘진 얼굴로 엄마를 찾는 똘망똘망한 눈 좀 봐! 어떤 아기와도 비교할 수 없는 사랑스러운 얼굴이었다. 홀로 고통을 견뎌 낸 대단한 내 아기였다.

서툴고 불안한 초보 엄마 분투기

임신과 출산 경험을 쓰면서 어이가 없었다. 26년이나 지난 옛일이다. 세상이 두 번 넘게 변할 정도로 시간이 흘렀다. 그런데 이토록 생생할 수가 있나! 오래 깊이 잠들었던 사람이 눈을 번쩍 뜬 것 같았다. 머릿속 어딘가에 웅크리고 있다가 시퍼런 감자 싹처럼 불쑥 튀어나온 것이다. 그만큼 엄마가 된다는 사건은 뼈에 아로새겨진 강렬한 경험인가 보다.

임신한 내내, 10시간도 넘게 좁은 비행기 좌석에 갇혀 있는 느낌이었다. 하필 옆자리에 거구의 외국 남자가 자고 있어서 옴짝달싹 못하는 승객의 처지랄까. 여기서 빗어날 수만 있다면, 세쌍둥이를 낳는다고 해도 상관없을 것 같았다.

아이를 키워 본 어른들은 생각이 달랐다. 다들 똑같은 소리를 했다.

"애는 배 속에 있을 때가 편한 거야."

'그럴 리가 있나' 부정했던 카산드라의 예언은 딱 맞아떨어졌다. 아기가 품에 안긴 순간부터 내 바람은 딱 하나였다. 잠! 동물로서 절실하고 인간으로서 소박한 소원. 백일 정도까지 아기의 밤낮이 바뀐다더니, 과연 그랬다. 몸조리 기간은 열대야의 연속이었다. 불에다 기름 붓는 격으로, 꼬물거리는 생명체 하나가 한밤중에 깨어나 우는 위력은 어마어마했다. 온 식구가 잠을 설치고 일어나 허둥댔다.

만약 신이 다시 젊음을 주겠다고 유혹해도, 이 시절로는 되돌아가지 않을 거다. 한 번 경험으로 출산의 쓴맛을 다 봤다. 엄마의 살뜰한 보살핌에도 불구하고 내 몸은 잘 회복되지 않았다. 꿰맨 상처가 덧나서 오래갔다. 젖몸살이 심했고, 나오지 않는 젖을 빨아대느라 아기도 용을 썼다. 9월이 지나가도록 폭염의 날씨는 가라앉지 않았다. 그런데도 선풍기 바람이 싫었다. 아기 얼굴에 시뻘건 태열이 가득 올라왔다. 진물이 나서 누렇게 딱지가 앉았다. 간신히 괜찮아진 얼굴이 다시 못난이가 되고 말았다.

한 달 정도 조리가 끝나자, 만류하는 엄마를 뒤로하고 내 집으로 돌아갔다. 몸이 어느 정도 회복된 것 같았다.(오해였다.) 아기도 웬만큼 잠을 자는 듯싶었다.(착각이었다.) 회사도 그만두었겠다, 내 손으로 아기를 키워보자 싶었다.(만용이었다.) 근처에 시어머니가 사시니, 의지가 될 터였다.(어려웠다.)

아기가 울면 일어나고, 잠들면 곁에서 쪽잠을 잤다. 출근하는 남편을 눈곱도 못 뗀 채 배웅했다. 여전히 눈곱을 못 떼고 있는데 남편이 귀가할 때가 많았다. 거울을 보면 나 아닌 다른 여자가 퀭한 눈으로 쳐다봤다.

엄마가 옆에 없으면 아기는 귀신처럼 알아챘다. 벽에 기대 앉아 새끼 코알라처럼 배에 얹고 있을 때만 평화롭게 잠들었다. 세상이 어떻게 돌아가고 있는지 궁금하지 않았다. 인간이 되려고 컴컴한 동굴 속에 들어앉은 곰 같았다. 이렇게 살아도 되나, 조급했다가 막막했다가 언뜻 눈물이 났다. 어쩌면 산후우울증이었는지도 모르겠다.

익숙한 내 모든 것을 휘젓고 흔들어 버린 아기라는 독재자. 소중하고 예쁜 걸 얻으려면 그만큼 대가를 치러야 한다고 미리 알았더라면. 당신만 힘든 게 아니라고, 이 시절은 금세 지나간다고 누군가 봄바람처럼 다독여 주었더라면. 나는 얼마나 서툴고 불인한 '초보 엄마'였던가. 피하지 못할 과정이라면 즐겼어야지. 막 태어난 송아지를 핥는 어미 소처럼, 경이로운 변화를 천천히 누려야 했다. 다시는 오지 않을 '위대한 창조의 시간'에 느긋하게 몰두했다면, 아기도 나도 훨씬 편안했을 텐데.

그나저나 왜 그렇게 아기는 엄마를 찾는 걸까. 젖이

나 우유를 충분히 먹었고 기저귀도 뽀송뽀송하다. 푹 잠들면 되는데, 왜 소스라치게 놀라며 울어 댈까. 잠이 부족한 엄마는 이럴 때마다 주저앉아 같이 울고 싶다.

베르나르 베르베르는 〈개미 4〉에서, 이것을 가리켜 '아기의 애도'라고 부른다. 아기는 배가 고파서, 어디가 아프거나 불편해서 우는 것이 아니다. 연약한 이 생명체는 오로지 믿고 의지할 수 있는 엄마와 잠시라도 떨어지는 것이 무섭다.

"어머니가 자기 곁을 떠날 때마다 아이는 어머니가 다시는 돌아오지 않으리라고 생각한다. 어머니가 죽었다고 믿는 아이는 울음을 터뜨리고 심한 불안감을 드러낸다. 어머니가 돌아와도 아이는 어머니가 또 떠날 것을 걱정하며 다시 불안감에 빠진다."

잠시의 분리가 아니라 영영 이별이라고 생각하기 때문이란다. 그러니 참을 수 없는 슬픔이 찾아와 우는 것이다. 소설적 상상력일 수도 있겠지만, 어쩐지 이런 해석이 눈물겹다. 그래서 엄마 배 위에 누워 있을 때만 푹 잠든 거였나. 18개월이 지나면 아기도 일시적인 이별을 범상하게 여기기 시작한다니, 쫌만 참고 봐 주길.

잠만은 내 품에서 재우고 싶었다

누군가의 아내로만 살 마음은 애당초 없었다. 내 뜻대로 살려면, 직업을 갖고 돈을 벌어야 했다. 스스로 일해서 번 돈이 아니면, 돈을 쥔 사람에게 허리를 굽히는 순간이 생기는 법.

결혼할 때 시댁의 경제 사정은 그다지 중요하지 않았다. 가까운 친구들 대부분이 단칸방에서 신혼살림을 시작했다. 우리도 대출을 받고, 여기저기서 돈을 끌어 모았다. 허름한 방 두 칸짜리 전셋집만으로 분에 넘쳤다. 맞벌이를 해서 개미같이 일하다 보면 집은 금세 사는 줄 알았다.(젠장, 그건 아니었다.)

아기가 7개월로 접어들 무렵, 다시 직장을 알아봐야 하나 싶었다. 잊고 있던 자아가 슬슬 고개를 쳐들었다. 막연히 이력서를 한 장 넣었는데, 곧 출근을 하라는 연락이 왔다. 막상 일하러 나가려니 마음이 혼란스러웠다. 불어 터진 떡국처럼 후줄근한 생활에서 벗어나고 싶다는 갈망. 다시 전쟁 같은 출퇴근 전선에 서야 한다는 두려움. 한창 정분이 난 아기를 품에서 떼어 놓기 싫다는 모성이 머리 셋 달린 뱀처럼 맹렬하게 다퉜다.

맞벌이를 하겠다고 출산 후에 시댁 근처로 이사를 왔다. 언젠가는 나가야 할 직장이었다. 아직 사리 분별 못하는 아기일 때 출근하는 것이 수월할 터였다. 미장원에 가서 대충 묶어 기른 머리를 싹둑 잘랐다. 백일기도를 마치고 인간이 된 곰처럼 긴 칩거에서 벗어났다. 말로만 듣던 '워킹맘'의 세계에 발을 들여놓은 것이다.

아침에 출근 준비를 마치고 집을 나설 즈음, 시어머니께서 오셨다. 아기를 시댁으로 데리고 가서, 우리가 퇴근할 때까지 봐주시기로 했다. 대개는 거기서 저녁까지 차려 먹은 뒤 아기를 업고 집으로 돌아왔다. 문제는 남편도 야근하고 나도 늦을 수밖에 없는 때. 그럴 경우 이미 아기는 잠들었을 테니 굳이 가지 않는 편이 나았다. 어머니가 아침에 오시는 수고를 덜 하도록 그냥 재우는 게 편했다.

그런데 몸은 편해도 마음이 불편한 걸 어쩌나. 단 하루도 아기 얼굴을 보지 못하는 것이 그리 괴로울 줄 미처 몰랐다. 남편과 불 꺼진 방에 누워서 "애기 보고 싶다, 애기 보고 싶다" 주문을 외운 날도 있었다. 전화를 걸어서, 다행히 자지 않고 있으면 발바닥에 불이 나도록 달려갔다. 혹시나 자고 있더라도, 집으로 데려가겠다고 고

집을 피웠다. 익숙하지도 않은 포대기로 늘어지는 아기를 어설프게 업었다. 달밤에 흥얼흥얼 자장가를 부르며 집까지 걸어오던 날들.

한밤중에 깨서 피곤한 엄마를 괴롭힐지라도, 잠만은 꼭 내 곁에서 재우고 싶었다. 하루 종일 떨어져 있던 아기를 사랑하는 내 방식이었다. 업고 온 아기를 침대에 내려놨는데, 눈을 반짝 뜨고 웃어 줄 때가 있었다. 어머나, 이런 보상을 받으려고 그랬구나. 죽을 것처럼 어깨를 짓누르던 피로가 한숨에 날아가 버렸다. 박성우 시인의 시 '유랑'처럼, 우리는 "밥알처럼 떼어" 보낸 아기를 데려다가 "뜨겁고 진 밥알처럼 엉겨 붙어" 잤다.

대신 아파 줄 수 있는 거라면

아이가 돌상을 한참 내려다보더니, 장난감 나팔을 집어 들었다. 나도 모르게 좋아서 웃음이 났다. 혹시라도 돈을 집어 들까 봐 조마조마했던 것이다. 남편은 은근히 연필을 잡았으면 했단다. 어쩌다 돌잔치에 가 보면 요즘 젊은 부모들은 하나같이 '돈'을 집으면 좋겠다고 스스럼없이 말한다. 월급쟁이가 집 한 채 장만하는 것이 '7대 불가사의'와 맞먹는 시대니, 누가 뭐랄까.

그래도 편집자 엄마는 돈을 1순위로 놓고 싶진 않았다. 곧 죽어도 '배부른 돼지보다 배고픈 철학자'로 살기를 흠모했다. 그런 격조 높은 희망사항을 자식한테도 투영했다. 돌잡이가 예견한 것처럼, 음악가나 악기를 연주하는 사람으로 살면 좋을 것 같았다.

현실은 그리 호락호락하지 않았다. 돌을 넘긴 아이는 '마왕'에게 붙잡힌 것 같았다. 아파서 툭하면 병원 신세를 졌다.(이럴 줄 알았으면 돌상에 실 뭉치나 잔뜩 올려놓는 건데.) 증상과 병명은 늘 같았다. 급성 후두염이었다. 초기엔 감기와 비슷한데, 갑자기 열이 치솟고 숨이 가빠졌다. 해열제를 먹여도 소용이 없었다. 날이 밝기를 기다리지 못하고 한밤중에 응급실로 달려가곤 했다. 옷장 한구석에 응급상자 같은 입원용 가방을 늘 준비해 놨다.

치료하는 과정도 비슷했다. 열이 내려가게 아이 옷부터 죄다 벗겼다. 침대에 눕히고 비닐하우스 같은 가림막을 쳤다. 그 안에 계속 가습기를 틀어 축축하게 유지하는 거다. 머리카락이 푹 젖은 채 아이는 고양이처럼 가르랑댔다. 입원하고 꼭 일주일쯤 시간이 흐르면 그럭저럭 병세가 호전되었다.(나중에 가습기 살균제 사태가 터졌을 땐 진심으로 끔찍했다. 병을 고치기는커녕 이유도 모른 채 아이를 죽일 뻔했으니까.)

아이는 늘 예고 없이 아팠다. 그때마다 회사에 휴가를 낼 수는 없었다. 밤새 응급실에 있다가, 간신히 아침에 빈 병실을 잡아 들어갔다. 힘이 없어 축 처진 아이를 두고 출근하려니 도무지 발이 떨어지지 않았다. 신발 바닥에 접착제라도 바른 것 같았다.

게다가 마감이라도 걸렸을 때는 죽을 노릇이었다. 병원으로 퇴근해서 밤새 자는 둥 마는 둥 하다 보면, 금세 회사에 나가야 할 시간이었다. 하루에도 몇 번이나 사표를 내고 싶을 만큼 마음이 약해졌다. 누군가에게 더러운 꼴을 당하거나 목표에 대한 압박이 심해도 다 견뎌낼 수 있었다. 그런데 아이가 아프니, 아예 일할 의욕조차 희멀게졌다. 무슨 부귀영화를 누리겠다고 꾸역꾸역 출근을 하나. 그래도 버텼다. 우선 이 고비만 넘기고 보자 싶었다.

후두염은 툭하면 재발했다. 조막만 한 팔에 링거 주사를 놓을 때마다 아이는 자지러지게 울었다. 밖에서 듣고 있으면 절로 손깍지를 끼면서 기도하는 마음이 되었다. 아이 대신 차라리 제가 아프게 해 주세요.

이 세상 누구를 위해서도 죽을 맘 따위는 없었다. 그 대상이 부모님이나 남편이라도 주저했을 것이다. 자기 생명이 가장 소중한 게 인간의 본능이니까. 그런데 자식을 대신해서라면, 고통을 당하는 건 물론 죽을 수도 있을 것 같았다.

세 살 즈음인가, 입원해 있는 와중에 우연히 다른 병을 발견했다. 탈장 증세를 보여서 전신 마취를 하는 수술을 받아야 했다. 어린아이를 수술실로 보내 본 적이 있다면 알리라. 그런 생이별이 없다. 잔뜩 겁을 먹은 아이는 목이 찢어져라 울어댔다. 엄마를 부르짖으며 떨어지지 않으려고 발버둥쳤다. 그래도 부모는 끝내 그 작은 손을 놓아야만 한다.

아이를 실은 침대가 사라지고, 수술실 문이 관 뚜껑처럼 닫혔다. 기다림의 지옥이 시작되었다. 그제야 정화 수 떠놓고 손바닥이 닳도록 비는 마음을 알 것 같았다. 아무리 대신하고 싶어도 자식의 고통까지 겪어 줄 순 없구나. 그저 큰 탈 없이, 다시 보게만 해 달라고 애원하는 거구나. 큰 기적을 바라는 것이 아니라, 낮게 엎드려 힘든 시간을 나누는 거구나.

전생에 크게 빚을 졌던 사람이 자식으로 태어난다고 했던가. 그 빚을 돌려받으려고 부모의 애간장을 태우는 거란다. 그러니 부모는 아이를 갖는 순간부터 거대한 업보를 등에 진 사람들이다. 판도라는 상자에 '희망'을 남겼지만, 부모는 '자식'을 남긴 셈이다. 자식 덕분에 살아갈 힘을 얻기도 하고, 자식으로 인해 죽을 만큼 절망하기도 한다.

아이가 아플 때면, 유독 엄마 등에 얹힌 짐이 더 무거워진다. 세상을 어깨에 짊어 멘 아틀라스가 된 심정이다. 잠이 깊은 남편은 병원에 가야 할 때면 칼같이 일어났다. 그래도 회사를 관둘 생각은 하지 않았다. 아이 대신 죽겠다고 빌지도 않을 것 같았다. 모든 회로가 엉켜서 다운 직전인 나보다 강했다. 얄미울 정도로 대범하고 현실적이었다.

하지만 부모라는 한배에 올라탄 이상 우리의 목적은 같았다. 무사히 '어른의 땅'에 내려 줄 때까지 아이라는 선원을 잘 보살피는 것. 아픈 아이를 지켜보면서, 우리는 단단해지고 소박해졌다. 견고한 경첩처럼 서로의 어깨에 의지했다. 때때로 남편에게 깊은 동지 의식을 느꼈다.

아이는 원숭이처럼 부모를 따라 한다

"엄마야!"

텃밭에서 잡초를 뽑고 있는데 지렁이가 대롱대롱 끌려 나왔다. 순간 놀라서 엉덩방아를 찧었다. 뱀처럼 꾸물거리는 게 징그러웠다. 죽은 사람의 손이라도 만진 듯 진저리를 치며 내던졌다. 곁에서 놀던 아이가 멋모르고 나와 똑같은 몸짓을 했다. 그걸 본 남편이 지나가는 투로 말했다.

"엄마가 무서워하니까 애도 괜히 무서워하잖아."

그럼 뭐, 내가 홍길동이냐? 징그러운 걸 징그럽다고 말도 못 해? 혈기가 왕성하던 때라, 금세 되받아치려다가 입을 닫았다. 남편 말에 일리가 있었다. 간이 작은 편인지, 나도 모르게 소스라치는 일이 많았다. 이따금 바퀴벌레, 거미, 송충이를 볼 때마다 펄쩍 뛰었다. 무심코하는 내 행동이 아이가 세상을 보는 눈에 영향을 줄지도 몰랐다.

만약 처음 마주친 지렁이에 대한 기억이 다정한 거라면 어떨까. 나태주 시인이 '풀꽃'을 통해 알려 주었다. "자세히 보아야 예쁘다"고. "오래 보아야 사랑스럽다"고.

차분히 들여다보면 지렁이도 밉지 않다. 벌레를 무서워하는 나도, 확대해서 보여 주는 〈곤충의 세계〉 다큐멘터리는 흥미진진하다.

아이와 머리를 맞대고 지렁이를 들여다보았다. 사람한테 해를 끼치기는커녕 유익한 생명체야. 생태계의 쓰레기를 씹었다가 뱉어 내서 땅을 기름지게 만들어 준대. 꿈틀거리면서 숨구멍을 내주니까 농작물이 잘 자라는 거야. 신기하게 내 눈에도 지구의 착한 청소부처럼 보였다. 아이는 나뭇가지로 들어 보기도 하고, 손바닥에 올려 보기도 했다. 일찌감치 간식으로 꿈틀이 젤리를 먹어 왔기 때문일까. 아이는 그 생김새를 자연스럽게 받아들였다.

비단 지렁이뿐이겠는가. 부모가 세상을 바라보는 눈은 아이한테 쉽게 전염될 수 있다. 아이 머릿속은 아무런 선입견이 없는 순백의 종이와 같다. 제일 가까이서 지켜보는 부모의 영향을 받아 종이 위에 슥슥 연필 선이 그려진다. 새끼 원숭이처럼 지켜보고 있다가 따라 한다.

아이들 귀는 또 왜 그렇게 밝은지! 새처럼 쥐처럼 다 듣는다. 한번은 걱정거리가 있어 남편과 이런저런 얘기를 나눴다. 아이는 그저 옆에서 뒹굴대며 놀고 있었다. 나중에 엉뚱한 자리에서 그 이야기를 꺼내는 바람에 깜짝 놀랐다. 부모가 유심히 관찰하는 만큼, 아이 역시 그 이상으로 부모를 보고 있는지도 모른다.

그러니 부모가 어찌 함부로 말하고 행동할까. 아이들한테 그대로 따라하라고 시키는 것과 다르지 않다. 잘 생각해 보라. 외모로 인간을 평가하진 않는지. 약한 사람에게 무례하게 굴진 않는지. 무단 횡단을 하거나, 슬쩍 쓰레기를 흘리는 일은 없는지. 부모가 몸소 행동으로 보여 주는 것이 가장 좋은 교육이다. 부모 자신들은 그렇게 하지 않으면서, 말로만 떠드는 게 가장 나쁜 교육이다.

자유롭고 파격적인 그림을 그려 온 화가 김점선. 세상에 겁날 것 하나 없이 멋대로 살아온 그도 딱 하나 무서운 게 있었다. 〈점선뎐〉에 쓴 '나의 유언장'을 보고 알았다.

"아이를 낳고 나서는 이 세상에서 내가 낳은 아이를 제일 무서워하면서 살았다. 혹시 그에게 내가 나쁜 영향을 줄까 봐 평생을 긴장하며 살았다. 아들을 비웃거나 빈정거린 말을 한 기억이 없다. 그런 정신 상태에 잠긴 기억도 없다. 나의 아들은 기억 속의 나를 종종 추억하면서 웃기만 하면 된다."

하늘에서 내려다보는 신을 걱정할 게 아니다. 바로 곁에서 지켜보는 아이들이 더 무서운 법이다. 아이를 키우는 부모가 먼저 성숙해져야 한다. 평소에 잘 살아야 한다. "아이가 선생이다"라는 말이 괜히 나왔을까. 그래서 부모 되는 일이 어려운가 보다.

아이가 어느 정도 크면, 학교에서 또래와 보내는 시간이 늘어난다. 그만큼 부모의 영향력은 줄어들겠지만, 삶의 중요한 순간에 위력을 발휘할 수 있다. 명문대학교를 졸업하고 취업을 앞둔 청년이 하루아침에 원인 모를 병에 걸리고 말았다. 얼굴이 심하게 비뚤어지는 구안와사가 온 것이다. 마스크를 쓰고 매일 병원에 다녔지만 쉽사리 나을 기미가 보이지 않았다.

어느 날 병원에서 돌아오다가 배가 고파 길에서 파는 붕어빵을 집어 들었다. 침을 질질 흘리며 입에 넣는 그를 보면서 붕어빵 장수가 혀를 끌끌 찼다. 세상에서 가장 불쌍한 사람을 대하듯 말이다. 그런 신세가 처량하고 끔찍해서 하염없이 눈물이 났다고 한다.

참 이상한 것은 어머니였다. 마치 아무 일도 없다는 듯이, 아들에게 매일 정갈하고 따끈한 밥상을 차려 주셨다. 만약 어머니가 울고불고 까무러치기라도 했다면 어땠을까. 아들도 덩달아 '큰일이구나. 내 인생이 끝장났구나' 싶어 더 불안해졌을 것이다. 마음이 심란하면 몸의 병이 빨리 나을 리가 없다. 그런데 어머니가 별일 아닌 것처럼 지내니 '그렇게 큰일은 아닌가 보다' 싶었다고 한다.

과연 시간이 흐르고, 꾸준한 치료 끝에 병은 씻은 듯이 나았다. 언제 그런 일이 있었냐는 듯, 청년은 미국으로 건너가 국제변호사가 되었다. 지금은 세계적인 커뮤니티 한국지사를 이끄는 '프로 오지라퍼' 존 윤이 들려준 에피소드다. 학교 공부도 제대로 못한 어머니가 그렇게 아들을 키웠다. 그분이라고 왜 겁이 안 났겠는가. 어쩌면 뒤돌아 홀로 눈물을 삭였을지도 모른다.

가장 가까이 있는 부모가 먼저 슬퍼하고 좌절하면 그 어두운 기운이 자식에게 그대로 전달된다. 소아암 환자들을 대상으로 조사했을 때, 긍정적인 부모를 둔 아이들 생존율이 훨씬 높았다는 결과를 책에서 읽었다. 그만큼 양육자의 의연하고 긍정적인 태도가 아이에게 미치는 영향이 크다는 말이다.

아이를 낳기 전엔 똑똑하고 부유한 부모가 최고라고 여겼다. 아이를 키우면서 내 기도가 달라졌다. 정직하고 단단한 부모로 살게 하소서.

다치고, 다치고, 또 다치고

시댁 안방에 온 식구가 모여 앉았다. 막 밥상을 물리고 과일을 먹고 있었던가. 텔레비전 볼륨이 높았지만, 다들 곁눈으로 기어 다니는 아기를 쫓았다. 화장대 근처에 자리를 잡은 아기는 이런저런 화장품을 만지작거리며 놀았다.

사고는 순식간에 벌어진다고 하더니, 이럴 수가! 아차 하는 순간에, 아기가 일어서다가 화장대 모서리로 넘어졌다. 가장 가까이 있던 내가 얼른 아기를 들어 올렸지만 이미 늦었다. 말갛게 여린 눈꺼풀이 찢어져 피가 흘렀다. 아기는 놀라고 아파서 자지러졌다.

급한 마음에 얼른 들쳐 업고 가까운 응급실을 찾았다. 성형외과 의사가 없으니 큰 병원으로 가 보라고 했다. 눈 주위라 약을 바르기 어렵고 꿰매는 것도 힘들다는 거였다. 다시 대학 병원에 가서 서너 바늘인가 꿰매는 '대수술'을 감행했다. 그때 눈 위에 난 흉터가 마치 쌍꺼풀처럼 지금도 남아 있다.

나중에 이 얘기를 전해들은 친정 엄마가 역정을 내셨다.

"아니, 어른이 다섯이나 있는데 대체 뭘 한 거니?"

다 쳐다보고 있었다니까요, 엄마.

어느 일요일이었다. 한낮이었고, 집에 나와 아이만
있었다. 앉아서 블록을 갖고 놀던 아이가 지쳤는지 벌
러덩 누웠다. 한 손엔 블록을, 다른 한 손엔 10원짜리 동
전을 쥐고서 쉭쉭거리며 우주 싸움 놀이를 시작했다. 난
옆에서 한가롭게 빨래를 개고 있었던가. 순간 놓쳐 버린
동전이 아이의 벌린 입 속으로 떨어졌다!

아이는 누운 채로 흰자를 보이면서 컥컥댔다. 누구
하나 부를 사람 없고, 도움을 요청할 시간도 없는 응급
상황이었다. 얼른 업고 밖으로 뛰쳐나가야 하는지, 119
를 불러야 하는지 아무런 판단도 서지 않았다. 가슴이
벌렁거렸고, 아이가 위험하다는 본능적인 공포만 솟구
쳤다.

그때 입을 벌리고 버둥대던 아이 목구멍 속에 언뜻
동전이 보였다. 작은 입 속으로 손가락을 집어넣어 파내
기 시작했다. 기적적으로 손가락 끝에 동전이 걸렸고, 결
국 침이 가득 묻은 채로 빼낼 수 있었다. 아이를 살려 냈
다는 그 안도감을 무슨 말로 표현하겠는가. 겁을 먹고
우는 아이를 붙잡고, 나도 똑같이 울고 말았다.

"엉엉… 너 죽을 뻔했잖아… 엉엉."

한순간에 벌어진 사고와 수습에 대해서, 아무에게
도 말을 하지 못했다. 잘못 파냈다간 동전이 더 깊이 들
어가 기도를 막을 수도 있었다. 정말이지 하늘이 도와준
일이었다. 이 무시무시한 사건은 아들과 나만 공유한 비
밀로 오랫동안 밀봉되었다. 하긴 말해 봤자 겪지 않은
이가 어찌 알겠는가. 끔찍하고 절박했던 그 심정을.

모처럼 휴가를 냈다. 네 살 된 아이를 차에 태우고
친구네 집에 놀러 가려던 참이었다. 뒷좌석에 앉은 아이
에게 안전벨트를 매 주려고 잠깐 운전석을 빠져 나왔다.
그러면서 나도 모르게 습관적으로, 잠금 장치를 누른 뒤
문을 닫았다. 으악!

자동차 열쇠가 든 가방은 옆자리에 있었다. 잠긴 차
안에 아이 혼자 갇힌 셈이다. 영문을 모르는 아이는 창
문을 두드리면서 울기 시작했다. 유리창 밑 부분에 있는
꼭지를 잡아당기라고 소리를 질러도 아이는 알아듣지
못했다. 집에 있는 스페어 키는 무용지물이었다. 집 열쇠
또한 가방에 들어 있었으니까.

방법은 하나뿐이었다. 500미터쯤 떨어진 곳에 시댁
이 있었다. 만약의 경우를 위해 스페어키 하나를 맡겨 놓
았다. 카센터 기사를 부르느니 얼른 뛰어가서 가져오는
게 빨랐다. 평소 느려 터진 내가 우사인 볼트처럼 뛰어갔

다. 놀란 얼굴을 한 시어머니에게 설명하고 자시고 할 시간이 없었다.

세상에 태어나서 누군가를 그렇게 걱정해 본 적이 있을까. 죽음에 처할 만큼 위급 상황이 아닌데도, 그 짧은 시간에 온몸의 장기가 찢어지는 줄 알았다. 차에서 탈출한 뒤에도 아이는 목이 쉬도록 서럽게 울어 댔다. 자기를 혼자 두고 사라진 엄마를 원망하면서.

얼마나 혼이 났는지 다시는 내 생애에 이런 일이 생기지 않도록 습관을 들였다. 스마트키가 딸린 차를 운전하는 지금까지도 잠깐 내릴 때는 운전석 유리창을 얼마쯤 내려놓는다. 내리기 전에 늘 열쇠가 든 가방부터 챙긴다.

내 생애의 끔찍한 순간으로 꼽는 경험들이다. 얌전한 아이를 조심한다며 키웠는데도 이런 일들을 겪었다. 그 외에 자잘한 사고들은 또 얼마나 많았던가. 부모라면 누구나 한두 번쯤 심장이 멎을 만큼 놀란 순간이 있을 것이다. 어린 손주를 옆에 끼고 봐주신 시어머니는 어땠을까. 아마도 가슴을 쓸어내린 일이 적지 않았으리라.

아이들은 다친다. 옆에서 두 눈을 부릅뜨고 지켜봐도 다칠 수 있다. 영화 〈크레이머 대 크레이머〉를 보면 딱 그런 장면이 나온다. 아빠가 코앞에 있는데도 정글짐에서 놀던 아이가 거꾸로 떨어진다. 병원까지 다친 아이를 안고 무작정 뛰던 혼 빠진 얼굴. 내가 기억하는 더스틴 호프만 최고의 연기 중 하나다.

누구도 아이가 다치길 바란 사람은 없다. 그러니 아무리 놀랐더라도 "왜 다쳤냐"고 탓하지 말라. 홧김에라도 "애를 안 보고 뭘 했냐?"는 닭소리는 꺼내지 말라. 단 하루도 오롯이 아이랑 있어 보지 못한 사람들이나 쉽게 내지르는 말이다. 그저 더 크게 다치지 않은 것만 다행으로 여겨야 한다.

네 자녀를 잘 키워 좋은 부모의 모범을 보인 김준희 저자. 그라고 가슴 철렁했던 순간이 없었겠는가. 〈CEO 아빠의 부모수업〉을 통해 그때 배운 교훈을 전한다.

"아이가 교통사고를 당하는 끔찍한 일을 겪어 보니, 공부 잘하고 말 잘 듣는 것보다 중한 것이 무엇인지 알게 되었다. 그저 아이가 건강하고, 잘 뛰어노는 것이 행복이었다. 아이는 무엇을 잘해서가 아니라, 부모 곁에 있는 것만으로 기쁨을 준다. 이 세상에 존재하는 것만으로도 매일 감사할 일이다."

이것이 아이를 키우는 부모가 지녀야 할 겸손한 마음이다.

병아리처럼 아이를 키웠더라면

"나는 다섯 살부터 혼자 고무신을 빨았어."

어릴 때 아이가 하는 짓이 맘에 안 들면, 남편이 종종 꺼내는 레퍼토리였다.

"시대가 달라졌는데 왜 자기랑 비교를 하고 그래?"

그렇게 맞받아치면서 속으로 궁시렁대곤 했다.

'남들은 다 운동화 신을 때, 고무신 신은 게 뭔 자랑이라고.'

직업 군인인 아버지를 따라 부대를 옮겨 다니며 자란 남편. 어머니는 동전 하나 빠짐없이 촘촘히 가계부를 쓰며 살뜰하게 살았다. 그런데도 남편이 대학에 들어갈 때까지 가게 형편은 좋아지지 않았다. 왕성한 두 아들을 잘 먹이려는 마음에 어머니는 직접 닭을 치고 콩나물을 길렀다. 단백질을 보충할 수 있는 반찬이 기껏해야 계란찜과 콩나물 무침이었다.

부모님이 갓 낳은 어린 동생만 데리고 멀리 전방에 살 때도 있었다. 남편 혼자 떨어져 외할머니랑 지내기도 했단다. 한창 귀여움을 받아야 할 나이에 외롭기도 했을 것이다. 대신 혼자 고무신을 빨 정도로, 일찍 철이 들었는지도 모른다.

생긴 건 붕어빵이라도, 아이의 처지는 남편과 달랐다. 양쪽 집안의 첫손자로 태어났다. 부모는 물론 네 조부모의 관심까지 무한정 쏟아졌다. 게다가 일하는 엄마는 눈에 핑크빛 필터를 꼈다. 퇴근 후에만 잠깐 보는 아이가 고슴도치라도 예뻐 보일 지경이었다. 자주 아팠기에, 병원 신세를 질 때마다 금이야 옥이야 애지중지했다.

당신의 두 아들에게 계란찜과 콩나물만 먹인 게 한이 되셨나. 어머니는 손주를 먹이느라 한껏 솜씨 자랑을 하셨다. 제비 새끼처럼 쩍쩍 받아먹는 걸 보면, 먹지 않아도 배가 불렀다. 응석이 늘까 저어하면서도 늘 누군가 품에 안았다. 흔들침대에다, 선물로 받은 대형 유모차만 두 대였다. 막 걷기 시작한 아이가 힘들까 봐, 나는 장롱 면허를 꺼내 들고 운전 연수를 받았다.

사랑과 관심으로 치자면 왕자와 다를 바가 없었다. 이어받을 나라와 왕관만 없을 뿐. 하긴 유치원 재롱잔치에 가 보니 우리 아이만 그런 게 아니었다. 모두가 귀하기 이를 데 없는 왕자와 공주들이었다. 자식을 쾌적한 환경에서 키우고 싶은 게 잘못인가? 좋은 옷 입히고, 맛있는 음식만 먹이고 싶은 게 뭐 어때서? 아마도 부모라면 자연스러운 심정이리라. 눈에 넣어도 아프지 않을 자식인데, 고생하는 꼴을 어떻게 볼까.

〈나는 달걀 배달하는 농부〉를 읽다 보면 생각이 달라진다. 저자 김계수는 오랫동안 서울에서 중학교 아이들을 가르쳤다. 더 늦기 전에 몸이 절실하게 원하는 것을 해 보자고 마음먹었다. 고향인 전라도 순천으로 내려온 지 어느덧 16년째. 땀과 흙탕물에 젖은 소박한 농부로 살고 있다.

저자가 병아리를 키우면서 배운 게 있다. 진작 아이들도 그렇게 키웠더라면, 아쉬움을 토로한다. 병아리가 태어나 맨 처음 먹는 것이 물과 멥쌀 현미란다. 세상에 나온 지 하루밖에 안 되는 여린 생명체가 작은 부리로 쪼아 먹기에는 부담스러운 먹이다. 일부러 소화하기 가장 어려운 먹이를 준다. 그것이 소화 능력을 최대한 끌어올리는 방법이란다.

하나 더. 병아리 시절엔 폭이 좁고 길쭉한 우리에 넣어 둔다. 보온이 되지 않는 반대편에 물그릇을 놓고 왕복 운동을 시킨다. 물그릇 거리를 점점 늘려 가는데, 막바지에는 5미터 가까이나 된다. 병아리들에겐 '나를 죽일 셈인가' 싶을 만큼 가혹한 노릇이다. 그 거리를 수없이 왕복하는 동안 체력이 붙는다. 한 달쯤 되면 날갯죽지와 다리에 힘이 생겨 짱짱해진다.

부모들은 온통 신경을 쓰게 마련이다. 어떻게 하면

아이들을 건강하게 잘 키울까. 병아리 키우기와 별반 다를 게 없다. 밥을 소화하지 못할까 봐 부드러운 이유식을 오래 준다면? 오히려 소화 능력을 떨어뜨리는 일이다. 단단한 걸 깨물어야 이도 야물어진다. 예쁘다고 계속 안고 다니거나 힘들다고 못 걷게 하면? 다리에 힘이 생기지 않아 운동 능력이 뒤떨어질 수밖에 없다.

삿포로에 머물 때, 희귀한 장면을 목격했다. 눈이 산처럼 쌓인 추운 날에도 서너 살짜리 아이들이 매일 단체로 산책을 나왔다. 춥다고 실내에만 웅크리고 있는 게 아니다. 모자 달린 방한복을 입혀 눈밭에서 썰매를 태우거나 뛰어다니도록 이끌었다. 어릴 때부터 일부러, 추위에 익숙해지도록 키운다. 그래야 겨울이 길고 눈이 많은 지방에서 꿋꿋하게 살아갈 수 있으니까.

온실 속에서 키우고 싶은 것이 부모의 본능일지라도, 아이에겐 독이 될 수 있다. 거친 들판에서 비바람을 맞아보는 경험이 살아가는 데 도움을 줄 것이다. 일찌감치 세상의 쓴맛을 보고 자란 스티븐 킹은 중편 소설 '우등생'을 통해 말한다. 아이들에게는 가능한 한 빨리 인생이라는 것을 알려 주라고. 그게 좋은 것이든, 나쁜 것이든. 인생이란 호랑이의 꼬리를 붙잡는 것과 같아서, 그 호랑이의 성질을 잘 알지 못하면 잡아먹히게 된다고.

우리는 안타깝게도 아들을 병아리처럼 키우지 못했다. 다섯 살 때부터 모질게 시켜야 했는데, 5년이나 더 지나서야 아이는 실내화를 자기 손으로 빨기 시작했다.

아빠는 언제 '아빠'가 되는가

잉? 이게 무슨 자다가 족발 뜯는 소리야? 아빠가 언제 되냐니. 아내가 애를 낳는 순간, 아니 애를 배 속에 가진 순간부터 아빠 아닌가? 연구 결과, 엄마처럼 입덧을 하거나 소화불량을 겪지는 않지만, 아빠도 호르몬 수치가 확연히 달라진단다. 아기의 울음소리를 듣고 감정적으로 반응하는 능력도 현저히 향상된다고 한다. 하긴 '이기적인 유전자'가 고만한 변화도 안 생기면 쓰나.

그런데 내 생각은 좀 다르다. 여자는 임신한 걸 알자마자 엄마가 된다. 신체의 급격한 변화는 물론 마음 자세며 오랜 습관까지 달라진다. 누가 강요하거나 가르쳐 준 게 아니다. '내가 왜 이러지?' 의심할 틈조차 없다. 고통을 참고, 억지로 먹고, 소중히 여겨 온 것들을 포기한다. 시큼한 우유 냄새, 뱉어 놓은 음식, 더러운 똥까지도 참아 낸다.

반면 남자는 정자만 제공했을 뿐, 아무런 준비가 되지 않았다. 어느 날 갑자기 아기가 뚝 떨어진 셈이다. 황새가 바구니째로 물어다 줬다고 하는 게 더 실감날 것이다. 따라서 아빠가 되려면 엄마보다 한참 시간이 걸린다. 아기와 유대감을 강화하는 특별 훈련도 필요하다. 엄마와는 배 속에서부터 긴밀하게 연결되어 단단해진 관계가, 아직 둘 사이엔 점선처럼 미약하기 때문이다.

　　퇴근하면 남편은 아기 곁에서 어정거렸다. 친정집에서 산후 조리를 할 때, 혼자만 딴방에서 자는 얌체 짓은 하지 않았다. 아기가 병원에 입원하면 하루도 빠짐없이 들러서 얼굴을 보고 갔다. 일요일에는 아기를 유모차에 태워 어린이대공원에 데리고 갔다. 20여 년 전이니 요즘 아빠들에게는 미치지 못해도, 본인 입장에선 최대한 군소리 없이 아빠 노릇을 한 편이다.

　　다만 아빠가 되는 훈련이 부족했다. 한 달 동안 갓 난아기를 매일 목욕시킨 사람은 외할아버지였다. 우리 집으로 돌아온 후로는 믿음직한 시어머니가 곁에 계셨다. 퇴근하면 내가 그 비통을 이어받았다. 모성 강한 고부의 밀착 육아에 남편이 끼어들어 갈 빈틈이 없었다. 굳이 파고들 의지도 부족했다. 한밤중에 우유를 타거나, 기저귀를 갈아 주는 일은 손에 꼽을 정도였다.

　　게다가 아기와 둘만 있을 시간이 거의 없었다. 힘들어 하면서도 내가 다 도맡았기 때문이다. 셋이 트라이앵글처럼 늘 뭉쳐 있어야 한다는 이상한 고정관념까지 있었다. 엄마, 아빠, 아기가 다 함께 있으면, 대부분 아빠는 육아 보조자 역할에 머문다. 아기와의 상호작용이 덜 일어날 수밖에 없다. 그런 식으로 의도치 않게, 아빠가 될 소중한 기회를 잃어버린 것이다.

뇌 과학자인 루안 브리젠딘 교수는 〈남자의 뇌〉에 서 이렇게 말한다.

"오하이오주립대학교 연구진은 아빠가 자녀의 양육에 참여하는 정도에 있어서 아빠의 생각은 전혀 중요하지 않다는 증거를 발견했다. 주도권을 쥔 쪽은 엄마들이었다. 연구진은 아빠가 자녀에게 접근하는 데 엄마가 문지기 노릇을 한다는 사실을 발견했다."

즉, 아빠 엉덩이를 두드리며 양육에 참여하도록 문을 열어 주는 것, 아니면 방관하도록 문을 걸어 닫는 것 모두 엄마에게 달렸다는 말이다. 어설퍼서 마음이 놓이지 않더라도, 남편에게 아이를 온전히 맡겨 볼걸 그랬다. 둘이서만 보낼 시간을 충분히 선사하지 못한 게 아쉽다. 뚜쟁이 엄마가 빠지면, 어색하던 아빠와 아기 사이도 적극적으로 변하기 마련일 텐데.

진정한 아빠가 되려면 무엇보다 아기와 접촉하는 시간이 많아야 한다. 욕조에 담가 놓고 살살 목욕시키기, 한밤중에 낑낑대면 벌떡 일어나 안아 주기, 배고프다는 표시를 알아채고 얼른 우유를 타서 먹이기, 엉덩이에 잔뜩 묻은 똥을 닦고 기저귀 갈아 주기, 시큼하게 토한 옷을 벗기고 새 옷으로 갈아입히기, 아프면 품에 안고 응급실로 달려가기.

그걸 다 어떻게 하냐고? 엄마들도 아기를 낳고서야 처음 해 본 일들이다. 서투르기 그지없었지만 자주 하다 보니 익숙해진 거다. 관심을 기울이고 이런 것을 해 봐야 아이 마음을 조금이라도 헤아릴 수 있다. 그래야만 아기가 아빠라는 사람을 알아본다.

일곱 살짜리 지능에 자폐 증세가 있는 아빠 샘도 해내지 않았나! 영화 〈아이 엠 샘〉은 남자가 아빠로 변하는 과정을 낱낱이 보여 주는 데 부족함이 없다. 루시를 혼자 키워내며, 샘이 터득한 '좋은 부모'란 어떤 걸까.

"한결같아야 하고, 잘 참아야 하고, 얘기를 잘 들어줘야 해요. 들어주는 척해야죠. 더는 들어줄 수 없을 때도요. 그게 사랑이에요."

유아 시절에 아기와 제대로 유대감을 쌓지 못한 남편은 그 대가를 톡톡히 치렀다. 세상일에 공짜란 없으니까. 아들이 소년으로 커가는 동안 친밀감을 누리지 못하고, 어정쩡한 아빠 노릇에 머물렀다. 진정한 아빠가 된 건 훨씬 나중 일이다. 그동안 무수한 선택과 고민은 다 내 앞으로 굴러 떨어졌다. 부모 중 한쪽이 역할을 덜하면 나머지 한쪽이 그만큼 더 떠맡아야 한다. 일종의 제로섬 게임이랄까.

좁은 방에서 뛰쳐나와,

넓어지고

전셋집을 전전하면서도 땅을 산 이유

아이를 낳고 7개월 뒤부터 쭉 맞벌이를 했다. 다람쥐 도 토리 모으듯 아끼며 살았다. 그런데도 서울에 집을 갖는 건 쉽지 않았다. 빚을 내 샀다가 IMF 경제 위기의 직격탄을 맞기도 했다.

긴 세월 동안 남의 집 사는 설움을 톡톡히 당했다. 때만 되면 전세금을 올려 달라고 했다. 웬만하면 '그냥 살아야지' 싶어도 뜻대로 되지 않았다. 내가 살던 주인이 갑자기 들어오겠다고 했다. 아들이 결혼했으니 비워 달라는 집도 있었다. 평생 할 이사를 이때 다 한 것 같다.

한번은 아예 주인이 4층에 살고 있는 빌라에 세를 얻었다. 전세금만 올려 주면 나가 달라고 할 일은 없겠지. 내 집을 사는 그날까지 여기서 움직이지 않으리라 맘먹었다. 어이없게도 3년 만에 집 전체가 경매에 넘어가고 말았다. 1년간 갖은 맘고생 끝에 울며 겨자 먹기로 또 이사를 했다. 짐을 싸고 푸는 훈련을 시키려고 누군가

몰래 '똥개 작전'이라도 세운 것 같았다.

나중엔 '이삿짐 꾸리기'의 달인이 되었다. 이사 전날까지 야근을 하다가 슬슬 짐을 싸기도 했다. 이삿짐센터 직원들이 포장하고 옮겨 주니 사실 당사자야 크게 할 일이 없다. 다만 내가 출판사 편집자라서 골치 아픈 거였다. 아침에 이삿짐을 옮기러 온 분들은 책을 보면 한숨부터 쉬었다. 상자에 채우고 채워도 끝이 안 났다. 게다가 무겁기로 따지면 '짐 중에 왕'이 아닌가.

다 옮겨도 끝이 아니었다. 이사 뒤 대충 꽂아 놓고 간 책을 그대로 둘 순 없었다. 내가 찾기 쉽게 다시 정리하는 것도 대단한 노동이었다. 언젠가부터 꿈이 하나 생겼다. 변두리에 저렴한 미분양 아파트를 구하는 거다. 거기다 평생 이동하지 않아도 되는 서재를 꾸미고 싶었다. 이런 꿈을 얘기하면 주위 사람들이 비웃듯이 말했다.

"무슨 서재야… 집도 없이 전세 살면서."

아, 맞다. 정신을 차리자. 우선 집부터 사야지. 가능하면 이사를 하지 않는 게, 책 많은 편집자에겐 절체절명의 과제였다. 그런데 사람들이 비웃을 일을 또 하나 저지르고 말았다. 전셋집을 전전하는 형편에, 아파트도 아니요, 허름한 시골 농가를 덜컥 사 버린 것이다. 뭐, 시초를 거슬러 올라가면 아무런 계기 없이 충동구매를 한 건 아니다.

〈애들아, 우리 시골 가서 살자〉라는 책을 만들었다. 대기업을 다니다 일찌감치 은퇴한 분이 용인 골짜기에 집을 짓고 사는 얘기다. 서울 토박이로 살아온 나는 도시를 떠나는 건 꿈도 꿔 보지 않았다. 촬영하느라 시골 집을 드나드는 동안 서서히 콩깍지가 씌기 시작했다.

전원주택 구석구석, 목수 일을 좋아하는 주인 손길이 스몄다. 감나무 잎이 무성한 정원, 직접 짠 데크 위에 놓인 묵직한 식탁. 거기 앉아 안주인이 담갔다는 향긋한 모과차를 마셨다. 울타리와 꽃으로 둘러싸인 자그마한 수영장. 나무 침목이 마당을 가로질러 숲속까지 이어졌다. 그 사이로 샐쭉 내민 제비꽃과 노란 들꽃. 그걸 따다가 말려 한지로 꽃 카드를 만든다고 했다.

무엇보다 시골의 혜택을 받은 것은 아이들이었다. 숲에서 뛰놀며 자연의 사시사철을 온전히 누렸다. 두 아들은 건강한 젊은이가 되어 집을 떠났다. 과거의 영광과 욕심을 버린 채, 부부는 소박한 중년을 보내고 있었다. 몸과 손으로 하는 노동을 즐기면서. 실컷 책을 읽고 음악을 들으면서.

3개월 동안 그들 삶을 취재하면서 부러움이 앞섰다. 계절에 따라 변신하는 풍경 사진을 들여다보는데, 가슴에서 북소리가 들렸다. 태어나 처음으로, 서울 공기가 답답해 견딜 수 없었다. 아이를 데리고 휴양림을 찾아 떠나는 일이 잦아졌다. 작으나마 땅이란 걸 갖고 싶었다. 집도 없으면서 땅이라니!

막연히 마음만 콩닥거렸을 뿐, 여전히 이사를 다니면서 또 4년이 흘러갔다. 2001년 늦가을, 가평 시골집에 초대를 받았다. 어린이책 그림 작가의 작업실이었다. 금요일 오후, 몇몇 동료들과 소풍 가는 기분으로 길을 나섰다. 언덕 꼭대기에 자리 잡은 집에서 내려다보이는 풍광이 시원했다. 마당 곳곳에 숨은 도깨비 조각상이 웃으며 맞아 주었다.

넙적한 돌 위에 음식을 차리고, 비닐을 둘러 바람을 막았다. 고기와 고구마를 굽고 와인을 마셨다. 별이 보일 때까지 아무도 돌아가자는 소리를 하지 않았다. 서울에 살면서 이렇게 주말마다 내려오면 되겠네. 완전히 귀촌해서 사는 것과는 또 다른 정취였다. 4년간 잠들어 있던 북소리가 또 울리기 시작했다. 저축해 놓은 돈을 털어 일단 땅부터 살까. 작은 컨테이너라도 갖다 놓으면 되잖아. 이번엔 구체적으로 의지를 다져 나갔다.

1년 뒤, 놀랍게도 내 소망은 현실로 이루어졌다. 남편을 데리고 부지런히 발품을 팔았다. 지인의 소개를 받아 가 본 땅이 가장 마음에 들었다. 허름한 농가와 자그마한 연못, 텃밭이 딸려 있었다. 재산 가치가 적은 낡은 집이지만 상관없었다. 기어이, 땅의 주인이 되고 말았다. 이사를 안 가고 평생 살 수 있는 안식처가 생긴 게 꿈만 같았다.

서울에서 나고 자란 나는 시골의 추억이 없다. 내 아이는 시골의 푸르고 느린 일상을 누릴 것이다. 부모는 하도 이사를 다녀서 소중한 공간의 기억을 갖지 못했다. 내 아이는 어린 나무를 심어, 10년이고 20년이고 커 가는 걸 매년 지켜볼 것이다. 사시사철 바뀌는 자연의 풍경화를 보면서. 맨발로 땅의 기운을 받으면서. 텃밭의 지렁이를 들여다보면서.

부지런한 새소리를 들으며 잠에서 깨어나리라. 바람이 살살 부는 원두막에서 낮잠을 자겠지. 단지 그뿐일까. 어른이 되어 도시의 삶이 고달플 때, 다 털어 버리고 돌아와 쉴 수 있는 고향집이 생긴 것이다.

애 본 공은 없다고, 누가 그래요?

장성한 아들이 결혼하기 직전, 재미삼아 〈아침마당〉에 방청객으로 나간 50대 여성이 있었다. 마침 그날의 이야기 주제는 '손주 보기'였다.

"손주가 생겨도 절대로 봐주지 않을 분?"

그녀는 제일 먼저 손을 번쩍 들었다. 앞으로는 자유를 누리며 살겠다면서. 허나 무슨 업보란 말인가. 11년 동안이나 코 묻은 손주를 끼고 살았다. 퇴근한 아들과 며느리까지 집에 와서 비벼댔다. 그 바람에 손 마를 날이 없었다. 인생이 맘먹은 대로 흘러가지 않는다는 걸, 우리 시어머니가 몸소 보여 주신 셈이다.

아이가 초등학교 4학년이 되도록 어머니와 한동네에 살았다. 야무진 손끝을 자랑하는 살림꾼에다 가만히 앉아 있지 못하는 성격이셨다. 책 읽는 거나 좋아할까, 요리나 집안일에 무심한 며느리와는 상극이었다.

아무리 잘해 주셔도 불편하고 어려웠다. 웬만하면

'시'자와는 거리를 두고 싶었다. 시댁에 갈 때마다, 부지런한 어머니 뒤를 졸졸 따라다니는 게 큰 스트레스였다. 독일 할머니들처럼 참견하는 이웃의 눈길도 부담스러웠다. 따지고 보면 피 한 방울 안 섞인 남이 아닌가. 어찌 금세 마음이 열릴까. 서로를 알고 익숙해지려면 절대적인 시간이 필요한 법이다.

어머니는 흔쾌히 손주를 떠맡으셨다. 어쩔 수 없이 매일 얼굴을 보고, 같이 밥을 먹는 사이가 되었다. 다 좋기만 했을까. 여전히 부모님 휘하에서 어른이 못 된 느낌이었다. 가구를 사거나 우리끼리 여행이라도 가려면 눈치가 보였다. 남편은 '맞벌이 아빠'라는 본분을 슬그머니 까먹곤 했다. '귀한' 장남으로 '귀환'한 것 같았다.

그럼에도 불구하고, 나는 행운아라고 생각한다. 어린 아기를 두었는데도 온전히 일에 집중할 수 있었다. 남의 손에 맡겼더라면 어땠을까. 중간에 여러 번 일을 그만뒀을 확률이 높다. 집 근처에서 가족이 안정적으로 아이를 봐준다는 건 '베테랑 집사'를 모신 것과 같다. 아이를 맡길 데가 없어 동동거리는 후배들을 보면 안쓰러움을 넘어 존경심이 우러나왔다. 같은 워킹맘이라도 그네들은 차원이 다른 슈퍼우먼이었다.

아이를 함께 키우면서, 어머니가 한 여자로 보이기 시작했다. 없는 살림에 세 남자 뒷바라지하느라 무릎뼈가 다 닳았다. 나이 들어 좀 살 만하다 싶으니, 이번엔 손주 녀석이 품속으로 파고들었다. 자유 부인은커녕, 손자에 며느리까지 보살펴야 할 식구가 늘었다. 그렇다고 불평이나 공치사를 내비치며 눈치를 주지도 않았다.

종일 일하고 퇴근하는 며느리를 아들과 똑같이 안쓰럽게 여겼다. 우리 집에 수시로 드나들면서 우렁각시처럼 쌓인 빨래며, 설거지를 해 주셨다. 아침에 헤집어 놓고 나간 서랍장이 단정해지기도 했다. 피만 안 섞였지 친정 엄마와 그다지 다를 바가 없었다. 괜히 예의 차린답시고 어려워하지 말자. '시'자 붙었다고 벽을 치지 말자. 차라리 허물없이 편하게 굴자 맘먹었다.

75

밥을 차려 주시면 맛있게 먹었다. 반찬을 싸 주시면 고맙게 받아 왔다. 힘들면 힘들다고 말하고, 하기 싫은 걸 억지로 하지 않았다. 어머니가 부엌에 서성댄다고 해서 나까지 안절부절못하는 짓은 그만두었다. 갑자기 집에 오셔도 치우려고 애쓰지 않았다. 피곤해서 도저히 앉아 있기 어려우면, 어머니가 옆에 계셔도 벌러덩 누웠다. 귀한 장남 손에도 거침없이 청소기를 쥐어 줬다.

그러면서 두 여자는 서로에게 익숙해졌다. 육아의 고달픔을 달래며 속 깊은 정을 나눴다. 공감 능력이 부족한 남편들보다 오히려 고부끼리 의지한 세월이었다. 햄버거보다 계란찜을 더 좋아하는 손주가 열한 살이 되었다. 그새 쌍꺼풀이 고왔던 어머니는 이가 빠지고, 머리카락이 셌다. 허리가 휘고 관절이 아픈 60대 자유 부인이 되었다. 남은 아들마저 결혼시키고 난 뒤, 시부모님은 서울을 뜨셨다. 마치 앞을 내다보고 짜 놓은 각본처럼, 우리가 사 둔 시골집으로 내려가셨다.

그제야 남편과 나는 부모님으로부터 진정한 독립을 했다. 홀가분하다기보다, 아쉽고 두려울 만큼 두 분의 빈자리가 컸다. 대신 우리한테는 부모님이 살고 계신 고향집이란 게 생겼다. 평생 농사일 한번 안 해 보신 두 분은 닭을 치고 텃밭에 고추를 심고 호박을 길렀다. 간신히 육아에서 벗어난 어머니, 이번엔 농사일에 발목을 잡히고 말았다. 자식과 손주들 먹이겠다고, 밀짚모자를 쓴 시커먼 시골 할머니가 되셨다.

옛말에 '애 본 공은 없다'고 했던가. 아니, 틀렸다. 왜 공이 없겠는가. 자식 부부가 무사히 인생의 고비를 넘겼는데. 며느리가 어제 일처럼 생생히 기억하는데. 다만 그 공을 언제까지 여자들끼리만 질기게 나눠야 하나. 우리 아파트만 해도 애를 보는 할머니들이 차고 넘친다. 남편이든 할아버지든, 남자들이여! 애 보는 공 좀 적극적으로 나눠 가지자! 동네와 회사와 국가여! 말리지 않을 테니 애 보는 공 좀 강력하게 덜어 가 달라!

워킹맘, 아이 운동시키기 작전

아이는 네 살부터 가까운 사설 유치원에 다녔다. 어머니가 손주 보는 일에 숨통이 트이려면 어쩔 수 없었다. 형제도 없이 혼자 집에서 뒹구는 것보다 공동생활이 나을지도 몰랐다. 3년을 보내는 동안, 아이의 학습 능력엔 신경 쓰지 않았다. 유치원은 그저 놀러가는 데라고 여겼다. 해를 거듭해도 커리큘럼은 비슷해 보였다. 재롱잔치만 점점 화려해졌을 뿐이다.

아무리 무난한 성격이라도, 4년이나 같은 유치원에 다니면 지겹지 않을까? 아이가 일곱 살이 되자 뭔가 변화를 주고 싶었다. 갑자기 교육에 '극성'을 떠는 엄마로 변신했다. 그간 안 쓰던 머리를 요리조리 굴리느라 힘들었다. 그럼 그렇지! 영어 유치원을 알아보거나 수학 선행을 시작했냐고? 땡! 잘못 짚었다. 자주 앓는 아이에게 운동을 시키고 싶었다. 수영이나 스케이트가 좋을 것 같았다. 한 번 배우면 까먹지 않는 종목이라니, 어릴 때 배울수록 유리할 것이다. 다만 어떻게 해야 엄마가 옆에 없어도 가르칠 수 있을까 고민이었다.

방법은 두 가지였다. 집까지 픽업해 주는 비싼 개인 코치 붙이기. 여러모로 무리였다. 그렇다면 수영과 스케이트를 가르치는 유치원이 없을까? 30분 정도 셔틀 버스를 타야 했지만 그런 곳을 찾아냈다. 물론 정해진 시간에 큰길 정류장까지 나가 버스를 태우고, 버스에서 내린 아이를 데려와야 했다. 대충 시간 맞춰 데려다주던 동네 유치원보다 훨씬 번거로운 일이었다. 그래도 며느리가 저렇게 원하니, 1년 일찍 학교 보낸 셈 치자고 가족회의를 마쳤다.

주로 시어머니가 그 일을 맡았다. 때로는 시아버지 손을 빌려야 했다. 대학원생이던 시동생마저 동원될 때가 있었다. 정 시간이 안 되면 멀지 않은 곳에 사는 친정 엄마와 아빠한테까지 차례가 넘어갔다. 그렇게 하면서까지 운동을 가르치고 싶었으니, 나로선 최대한 극성을 떤 셈이다.

그런데 특별히 반차를 내고 수영장에 갔다가 깜짝 놀랐다.

'엄마들이 매일 이렇게 모여서 아이들 수영하는 걸 지켜보는 거야?'

할머니가 잘 챙겨 보냈을 텐데 어디다 흘렸을까. 아

들은 물안경도 없이 눈을 잔뜩 찡그린 채 물장구를 치고
있었다. 아직은 옆에서 이것저것 보살펴 줘야 하는 나이
인가? 쳐다봐 주는 엄마가 없어서 혼자 쓸쓸한 건 아닌
가? 운동을 가르친다고 괜히 별나게 굴었나? 평범하게
동네 유치원이나 보낼 걸 그랬나 싶어서, 갑자기 슬퍼지
고 말았다.

　온 가족에게 고되었던 유치원 생활을 그럭저럭 마
무리하자 또 한 번 고민할 시점이 다가왔다. 동네에 있
는 사립 초등학교 모집 요강이 우체통에 꽂혀 있었
다.(앗! 사립학교다!) 아이가 혼자 걸어서 다니기엔 먼 거
리였다. 꽤 많은 학비가 든다는 것도 부담스러웠다.
　이번엔 장점을 꼽아 보았다. 교복을 입으니, 아이
옷에 신경이 덜 쓰일 것이다. 방과 후 교실을 다양하게
운영한다니 따로 학원을 보내지 않아도 되겠네. 유치원
때 익힌 수영과 스케이트를 이어서 배울 수 있겠군. 대
학생 때 과외하며 미리 간접 경험을 한 것도 당연히 한
몫했다. 사립 쪽으로 추를 더 얹은 건, 무엇보다 내가 워
킹맘이었기 때문이다. 돈을 많이 내는 만큼, 학교가 많
은 걸 대신 해 주리라 여겼다.(대단한 오해였다.) 일하는
부모 손이 훨씬 덜 갈 거라는 기대심도 작동했다.(엄청난
착각이었다.)

학교 전통은 유구했지만, 오래된 필름처럼 무용지물이었다. 학부모 회의에 참석해 보면, 운동장에 외제 차가 즐비했다. 1학년 엄마들이 모여 교실 게시판을 꾸며야 한다고 연락이 왔다. 순번을 정해 청소를 해 주고, 급식 반찬을 퍼 줘야 했다. 일하는 엄마는 반에 겨우 몇 명이었다. 그런 날을 위해 휴가를 아껴야 했다. 어떤 부모들은 학교에 매일 들락거리며 선생을 쥐락펴락한다는 소문이 들렸다.

수업 시간에 배우는 수영과 스케이트 실력으로는 명함도 내밀지 못했다. 교내 대회에 출전하기도 어렵다는 걸 알았다. '좀 한다'는 아이들은 이미 학교 수업을 대비해 강습을 받고 있었다. 교내 스케이트 대회를 보러 갔는데 구멍 난 양말을 들킨 느낌이었다. 유치원부터 배웠다고 내심 기대를 한 게 잘못이었다. 겨우 1학년짜리들이 멋진 폼으로 얼음판을 누볐다. 우승한 몇몇 아이는 선수 같은 유니폼을 자랑했다.

그럼 내 아들이라고 못하겠나. 내 속에 숨어 있던 '열혈 엄마'의 승부욕이 펄럭였다. 뒷일도 생각하지 않고 무리한 결정을 해 버렸다. 매일 태릉선수촌에 가서 다른 아이들처럼 강습을 받기로 한 것이다. 우선 스케이트부터 바꾸라는 조언을 들었다.

"비싼 스케이트는 뭐가 다른가요?"

"어머니, 소형차 타다가 레이싱 카로 바꿔 탄 느낌일 걸요."

아직 운동에 관심이 없던 때라 이런 방면에는 문외한이었다. 그런 경험을 얘기해 줄 선배가 주위에 없었다. 다른 동년배 엄마가 정보를 나눠 주지도 않았다. 운동에는 '장비빨'이라는 게 있단다. 비싼 기구가 돈값을 하며, 육체의 부족함을 어느 정도 보완해 준다고 했다.

당시 아이는 유치원 때 산 보급용 스케이트를 신고 있었다. 코치가 추천한 선수용은 눈이 튀어나올 정도로 비쌌다. 내 경제 형편에 선뜻 사 줄 수가 없었다. 여덟 살짜리한테 사 주기엔, 부모로서 양심이 찔리기도 했다. 형편과 양심 사이를 오가며 고민하다가, 그나마 선택지를 타협했다. 다른 아이가 내놓은 '중고 레이싱 카'를 구입하는 거였다. 과연 '썩어도 준치'라는 속담은 허튼 소리가 아니었다. 빙판을 지치는 아이의 속도감이 눈에 띄게 좋아졌다.

그렇긴 한데 나로선 예삿일이 아니었다. 퇴근 후 아이를 태워다 주고, 운동이 끝날 때까지 추운 링크에서 지켜봐야 했다. 열의만 앞섰지, 시간과 체력이 부족한 엄마였다. 아이도 마찬가지였다. 악착같이 연습에 나가려고 하지 않았다. 대회에 나가 별 신통치 않은 성적을 거둔 뒤 흐지부지 강습을 그만두었다.

아이에게 전혀 무익한 시간은 아니었다고 본다. 그만큼 단단한 다리 힘이 생겼을 테니까. 얼음판에서 중심을 잡는 균형감을 얻었을 테니까. 친구들과 속도 경쟁을 하는 흥분도 맛봤을 것이다. 다만 후회되는 점이 있긴 하다. 당시의 아이 만하던 여덟 살 무렵, 나도 스케이트를 탔었다. 처음엔 빨간 피겨 스케이트를, 익숙해진 다음엔 부모님을 졸라 '롱 스케이트'를 샀다.

겨울이면 야외 스케이트장에서 쌩쌩 스피드를 즐기곤 했다. 추위를 잊은 채 얼음판을 휘젓는 희열을 느꼈던 건 오히려 나였다. 고등학생이 되어서도 남자 친구들과 몇 번 탔던 기억이 난다. 어쩌면 그런 경험을 해 봐서, 아이에게 스케이트를 가르치려고 욕심을 부렸나 보다.

그런데 왜 아이랑 함께 스케이트를 타겠다는 생각을 못했을까? 왜 추운 관중석에 가만히 앉아서 지켜보기만 했을까? 자아로 시선을 돌리기엔 엄마로서의 정체성이 훨씬 강했기 때문이리라. 만약 스케이트를 신은 엄마가 얼음판을 신나게 지치는 걸 봤다면? 아이가 흥미를 갖고 좀 더 스케이트를 즐겼을까? 아니, 오히려 내가 그 재미에 빠져들어 일찌감치 '마녀체력'이 되었을지도.

아이 키우면서 웃겼던 일 한 가지

아들은 어릴 때부터 종이에 끼적대는 걸 좋아했다. 공룡, 우주선, 로봇 같은 것을 질리지도 않는지 끊임없이 그려 댔다. 그렇다고 천재성이 엿보이는 실력은 아니었다. 고등학교 때 미술반이었던 엄마의 유전자가 조금 섞인 건지도 몰랐다.

시어머니는 철 지난 달력을 잘 모아 두었다. 아이가 큰 종이를 펴 놓고 실컷 그리도록 해 주셨다. 스케치북이나 다양한 필기도구를 사 주는 데는 나도 아까워하지 않았다. 침팬지가 낙서한 것처럼 보이는 그림까지 파일에 차곡차곡 보관해 두었다. 혹시나 유명한 화가가 될 거라고 기대했냐고? 이번에도 땡! 나이 들어 손주들이랑 펼쳐 보면서 낄낄댈 생각이었다.

미국 같은 나라에선 태어난 집에 그대로 눌러 사는 경우가 많다. 집집마다 창고나 지하실이 있어서 물건을 오래 보관할 수 있다. 나는 1~2년마다 이사를 했고, 창고는커녕 새 가구를 들일 공간도 부족했다. 그러면서도 아이의 추억이 담긴 물건은 꼭꼭 싸 들고 다녔다.

최근 10여 년 만에 아들이 자기 방 베란다 쪽 묵은 짐들을 정리했다. 대부분 어릴 때 마구 그려 댄 스케치북과 그림일기라는 걸 알고 입을 쫙 벌렸다. 그리 감동하는 눈치는 아니었다.

아이에게, 부모는 못 해 본 다양한 취미를 길러 주고 싶었다. 수영, 스케이트, 태권도 같은 운동은 물론 피아노, 플루트 같은 악기도 빼 놓지 않고 가르쳤다. 다만, 주위 아이들이 흔히 다니던 미술학원만은 굳이 보내지 않았다. 누가 시키는 것도 아닌데 혼자서 잘만 그려 대지 않는가. 제멋대로 그리도록 두고 보자는 속셈이었다.

학원을 다니면 배운 만큼 기교가 좋아질 것이다. 사람이든 동물이든 척척 근사하게 그려 낼 수 있다. 반면 아이의 상상력이 일정한 틀에 갇힐 가능성은 없을까? 내용보다, 그리는 수법에만 더 치중하는 건 아닐까? 막연히 그런 우려를 했던 것 같다.

어릴 때는 누구나 그리는 걸 좋아한다. 일종의 놀이로 받아들인다. 겁 내지 않고, 다른 사람의 눈치를 보지 않는다. 억지로 시키면 그때부터 지겨워진다. 이러니저러니 평가를 받으면 그리는 것이 두려워진다. 그래서 점점 그리지 않다 보면, 그림을 그리지 못하는 어른이 되고 만다. 내가 그랬다. 공주라든가 만화를 쓱쓱 잘 그리는 아이였는데.

할머니 집에는 뒷면 하얀 달력이 넘쳐났다. 편집자 엄마는 A4 교정지를 무한정 공급했다. 형제가 없으니 아이 혼자 있는 시간이 많았다. 어디서든 실컷 그릴 수 있는 환경이 제공된 셈이다. 부모가 신경 쓴 건 별로 없었다. 벽이나 가구에서 낙서를 발견해도 야단치지 않은 거? 볼 만한 전시가 열리면 함께 데리고 간 정도? 그래야 세계적인 화가의 이름 정도는 기억할 게 아닌가.

고등학교 2학년 때까지, 아들은 아무 소리 없이 일반고를 다녔다. 수능 시험 1년을 앞두고, 순수미술은 아니지만 미대를 가기로 마음을 바꿨다. 동네 미술학원을 거쳐, 홍대 앞에 있는 입시학원에 등록했다. 재수 기간까지 꼬박 2년을 줄기차게 그려댔다. 책상 위에 쌓아 놓은 도화지를 들쳐 보고서야 알았다. 우리 아들이 꽤 그림을 그리는구나.

그러고 보니 참 웃기지 않은가. 부모들은 대부분, 아이가 좋아하는 게 생기면 관심을 바짝 기울인다. 잘 가르치는 학원을 알아보고, 열심히 배우도록 독려한다. 지켜보는 부모의 기대가 높아지면 아이한테 부담감이 생기게 마련이다. 배움이 의무가 되면 오히려 역효과가 나기도 한다. 그동안 비싼 학원을 다니며 아들이 배운 취미들은 다 어디로 갔나. 미술학원만 근처에도 안 갔는데, 이제 와서 미대를 가겠다고? 그야말로 아이러니가 아닌가.

아이의 욕구나 재능이 어느 쪽으로 발휘되는지 관찰하는 건 중요하다. 그래야 적절한 시기에 제대로 지원해 줄 수 있다. 그런데 어쩌면 아이는 그냥 내버려 둬도, 자기가 하고 싶은 것을 찾아가는지도 모른다. 가장 안좋은 경우는 아이의 호기심보다 부모의 욕심이 더 앞서나갈 때다. 그나마 있던 재능이나 흥미마저 멀리 달아나버릴 수 있다.

덜해도 안 되고 과해도 문제고. 이거 원, 부모 노릇도 어디 가서 배워야 하나? 좋은 학원 좀 소개해 주실분, 누구 없나요?

아이 키우면서 슬펐던 일 한 가지

남의 집에 놀러 가면 유심히 주위를 둘러본다. 멋진 가구와 세련된 인테리어를 칭찬하지만, 사실 내 눈은 책꽂이를 찾고 있다. 어쩔 수 없는 직업병이다. "지금까지 읽은 책이 당신이다"라는 말을 신봉한다. 책이 있는지 없는지, 있다면 책 목록만 살펴봐도 상대의 지적 취향을 대충 짐작할 수 있다.

어느 집에는 거실에 큰 책꽂이가 놓이긴 했더라. 다만 아이들 전집 그림책만 빽빽했다. 부모 책은 겨우 서너 권 정도의 실용서뿐. 책을 읽는 것이 아이에게 좋다는 것을 아는 부모다. 정작 본인은 읽을 책도, 읽을 시간도 없는 것 같다만.

충분히 이해하고도 남는다. 아이가 어릴 때는 이 엄마도 그랬으니까. 회사 일을 마치고 귀가하면, 기다렸다는 듯 집안일이 버선발로 튀어나왔다. 그나마 아이 하나에 양가 어머니들이 육아를 도와주셨다. 특별한 요리나

인테리어 같은 건 진작 포기했다. 기본 집안일만 하는데도 쉴 틈이 없었다. 아니, 쉴 틈이야 종종 생겼겠지만 누워서 자기 바빴다. 어쩌다 한가한 주말에는 밖에 나가 놀다 와야 스트레스가 풀렸다.

그래서 책 읽을 시간이 없었냐고? 무슨 소리? 명색이 편집자 아닌가. 아침에 출근해서 퇴근할 때까지, 너무 많이 읽어서 탈이었다. 심지어 일을 다 끝내지 못하면 집으로 교정지를 싸 들고 왔다. 일로 책을 읽어야 했던 편집자 엄마는, 시간이 나면 다른 일 하기에 바빴다. 책을 만드는 엄마가 회사에서 열심히 책을 읽다가, 집에 오면 눈 아프고 피곤해서 책을 멀리한 것이다.

인내심을 갖고 아이한테 많은 책을 읽어 주지도 못했다. 아빠는 책을 읽어 주기는커녕, 자기가 필요한 책만 숨어서 읽었다. 그러면서도 우리는 '당연히' 아이가 스스로 책 읽는 재미를 깨우칠 거라고 기대했다.

누가 업어 가도 모를 만큼 책에 코를 박고 있는 부모를 보며 어린아이는 얼떨결에 느낄 것이다. 엄마 아빠가 저러는 걸 보면 책 속에 뭔가 딴 세상이 있나 보다고. 슬그머니 부모 옆에 앉아 아이도 책을 펼치고 무인도로, 우주로 빠져드는 것. 내가 원했던 아이의 독서 교육은 그런 풍경이었다.

차라리 전문가에게 맡겼다면 어땠을까. 독서 교실

같은 데는 아예 보낼 생각을 안 해 봤다. 책을 숙제처럼 읽을까 봐 내키지 않았다. 책을 좋아하는 편집자의 아이가 책을 안 읽을 거라곤 미처 몰랐기에 자만했다. 뒤돌아보면 참으로 모순되고, 더할 수 없이 슬픈 일이다.

아들은 학습만화 키드답게 그리스 신화, 삼국지, 천자문을 다 만화로 뗐다. 좀 더 커서는 일본 SF계 라이트 노벨 쪽으로 빠져 들었다. 나 역시 중학생 시절엔 만화책과 하이틴 로맨스를 읽어 대느라 부모 몰래 밤을 지새웠다. 저러다 말겠지, 모르는 척했다. 그런 텍스트라도 많은 양을 접해서 그런지 효과는 있었다. 일기를 곧잘 썼고 맞춤법도 틀리지 않았다.

책과 관련된 슬픈 일은 한 가지 더 있다. 만약 집 근처에 아이 혼자 자유롭게 드나드는 도서관이 있었더라면. 또래 아이들이 책 읽는 걸 보면서, 덩달아 자기도 한 권 뽑아 읽는 덕을 누리지 않았을까. 몇 년 전에야 동네에 '작은 어린이 도서관'이 생긴 걸 알았다.

박완서 선생이 어렸던 시절엔 도서관 책을 대출하지 못했다. 책을 읽다가 다 못 읽고 돌아오면 내 혼을 거기다 반 넘게 남겨 놓고 오는 것 같다고 썼다. 책의 나머지 내용이 궁금하니 그럴 수밖에. 나도 친구네 집에서 세계 명작을 읽다가 두고 오려면 아쉬웠던 기억이 난다.

오랜 세월 도서관에서 일한 작가 보르헤스는 말했다. "천국은 아마도 도서관처럼 생겼을 것"이라고. 아닌 게 아니라 최근 여러 지역을 돌아다니며 도서관 강연을 했다. 아이들의 천국처럼 꾸며 놓은 새로운 도서관이 많았다. 폭신한 소파, 다락방처럼 생긴 공간에 누워 맘껏 책을 펼쳐 놓고 읽는 모습이 신선했다.

도서관을 집처럼 드나들며 무한한 책의 혜택을 받고 자란 아이가 있다. 덕분에 스무 살도 안 되어 책을 썼다. 〈학교는 하루도 다니지 않았지만〉의 저자 임하영이다.

"아를 학교에도 안 보내고 우짤라카노?"

주위 어른들의 걱정을 뿌리치고 홈스쿨링을 시작했다. 아빠가 영어를 가르치고, 엄마가 열심히 책을 읽어 주었다. 나중엔 부모가 힘이 부쳐 백과사전을 사 주었다. 집에 TV와 게임기가 없으니, 독서가 가장 재미있는 놀이였다고 한다.

어느 정도 책을 골라 읽는 나이가 되자 동네 도서관이 놀이터였다. 학교를 안 다니고 함께 놀 친구가 없기에, 남는 게 시간이었다. 하영이는 아침마다 도서관에 가서 다양한 신문을 접했다. 재미난 소설과 오래된 고전을 탐독했다. 독서의 범위가 넓어졌고, 그만큼 생각은 깊어졌다.

책을 통한 간접 경험으로 세상을 배워 나갔다. 열여섯 살에 성공회대학에서 사회학과 정치학을 청강했다. 열일곱 살이 되자, 길에서 바이올린을 연주해 가며 혼자 88일간 유럽을 돌았다. 열여덟 살엔 탈북자를 돕는 NGO에서 인턴으로 일했다. 진정한 공부란 1등이 되는 게 아니라 부끄러움을 아는 거라고 말하는 의젓한 청년으로 자랐다.

현재보다 미래가 더 기대되는 지식인을 책이, 도서관이 키웠다. 폭 넓은 독서는 아이가 성장하는 데 '여전히' 중요하다. 점점 더 책을 읽지 않는 세상에서, 아무나 흉내 내기 어려운 장점이 될 것이다. 책 한 권에 인생의 정수가 담겼다. 책 100권을 읽으면 100명, 아니 1000명의 사람과 세상을 경험하는 셈이다. 그걸 모르는 사람들이 안타까울 뿐이다.

많이 읽어 주지도 않고 책 읽는 아이가 되기를 기대했던 엄마. 읽는 모습을 보여 주기는커녕 잠이나 실컷 자고 싶어 했던 엄마. 도서관에 데려가지도 않고, 책을 좋아할 거라 믿었던 엄마가 슬프게도 바로 나였다.

차마 웃어넘기지 못할 아쉬움이 진득하게 남아서, 요즘은 되레 잔소리가 심하다. 다 큰 청년이 된 아들에게 '여전히' 책을 읽으라고 채근한다. 마지막 책장을 덮고 나서 괜찮은 책이다 싶으면 슬쩍 책상 위에다 올려놓는다. 얼마나 읽었는지 살펴보고 건드리지도 않았으면 그 자리에서 등짝을 친다. 잠자기 전에 30분이라도 독서를 하라고, 굿나잇 인사를 대신한다.

아들아, 어쩌겠니. 하필이면 '뒤끝 작렬' 편집자를 엄마로 뒀구나. 평생 지고 갈 업보라고 생각하고 책 좀 읽어라. 쫌!

엄마는 아무것도 모르면서 닦달만 한다

초등학교 4학년 준호는 물속에만 들어가면 기분이 좋아진다. 수영할 때 행복하다고 느끼는 아이다. 그런데 수영대회만 나갔다 하면 늘 4등. 눈에 핏발을 세우고 목이 터져라 응원하던 엄마는 애가 탄다. 오늘도 4등을 한 준호를 무섭게 다그친다.

"야, 준호. 너 바보야? 어? 지금 먹을 게 입으로 들어가니? 야, 4등! 너 땜에 죽겠다. 진짜 너 뭐가 되려고 그래? 너 꾸리꾸리하게 살 거야, 인생을? 준호야, 너 엄마 싫지, 그치? 니가 진짜 싫어하는 엄마가 뒤에서 막 쫓아온다, 이렇게 생각하고 수영하란 말이야. 그럼 초가 준다고. 엄마가 몇 번이나 말해!"

2015년, 정지우 감독이 만든 영화 〈4등〉의 한 장면이다. 국가인권위원회에서 만든 프로젝트 영화다. 스포츠 선수의 인권과 체벌 문제를 신랄하게 다뤘다. 1등에 대한 집착을 버리지 못한 엄마는 수영 국가대표 출신인

광수를 찾아가 부탁한다. 우리 준호가 1등만 할 수 있다면 뭐든지 하겠다고.

치열한 연습 끝에 0.02초 차이로 아슬아슬하게 져서 은메달을 목에 걸었다. 준호의 집에선 삼겹살을 굽고 축하 파티를 연다. 코치한테 매를 맞아서 어린 준호의 몸이 멍투성이가 된 것도 모르고.

영화를 보고 나면, 남의 일 같지 않아 찔리는 분이 있을 거다. 뜻대로 되지 않는 아이한테 말이나 행동으로 잔인하게 굴어 본 경험이 한 번쯤 있을 테니까. 나도 찔리는 구석이 있다. 다른 엄마들 못지않게 아이한테 바라는 기대가 컸다. 잘 가르치겠다는 욕망이 강했다. 부모가 둘 다 공부를 잘했으니, 그 유전자를 물려받은 아들 성적도 '당연히' 우수할 거라고 추호도 의심하지 않았다.

아이는 말수가 적고 차분했다. 앞에 나서는 것을 좋아하지 않았다. 공부 걱정을 끼쳐 본 적이 없는 엄마와 달랐다. 일찍 철 든 아빠처럼 독립심이 강한 편도 아니었다. 못 하겠다고 손을 들진 않았지만, 어정쩡하게 4등쯤 하는 아이였다. 종종 준호 엄마처럼 닦달을 했다. 아이를 탓하다가도, 엄마가 일을 해서 그런 건가, 내게 자책의 화살을 쏘기도 했다. 뭐가 정답인지 도무지 알 수가 없었다.

돈이 필요한데 딱 맞춰 만기가 된 적금처럼, 좋은 원고가 날아들었다. 미국으로 유학을 갔다가 아예 정착한 한국인 부부와 인연이 닿았다. 원고를 여러 번 읽으면서, 편집자인 내가 가장 먼저 영향을 받았다. 아이 엄마로서 휘청이던 교육관을 정립하는 데 톡톡히 도움을 받았다. 고심 끝에 지은 책 제목은 〈일곱 살부터 하버드를 준비하라〉!

어릴 때부터 열성적으로 교육을 시키라는 얘기냐고? 그렇다. 하지만 한국에서 흔히 말하는 조기 교육과는 차원이 달랐다. 부부는 아이들 교육을 일생일대의 진지한 목표로 삼았다. 두 아들을 '강하고 똑똑하고 바른 인재'로 키우기 위해 실천한 과정은 담대하면서도 치밀했다. 앞에서 끌고 뒤에서 밀어 준 부모의 관심과 인내력이야말로 '진정한 교육'이라 부를 만했다.

"아이들에게 달리라고 소리만 치지 말고, 제대로 달릴 길을 만들어 줘라!"

한창 초등학생 아들 때문에 속을 끓이던 내 가슴을 강하게 울렸다. 핵심 타깃인 엄마 한 사람을 움직였으니, 만 명의 마음도 흔들 거라는 편집자의 직감이 들었다. 과연 책이 나오자마자 뚜렷한 독자 반응을 보였다. 저자의 가족 얘기가 신문의 교육 섹션 한 면을 몽땅 차지하기도 했다.

내 아이만 처지는 게 아닌가 싶은 불안감부터 떨치기. 부모 먼저 흔들리지 않는 가치관을 갖는 것이 중요했다. '평생 즐길 악기를 가르치고, 한 가지 운동을 꾸준히 시키는 것'도 부모의 큰 역할이었다. 그러고 보니 우리는 교과서나 잘 외웠지, 악기든 운동이든 제대로 할 줄 아는 게 없었다. 부모처럼 틀에 박힌 '범생이' 삶을 아이에게 답습시키지 말자고 다짐했다.

하버드대에 들어간 두 아들이 꾸준히 한 운동은 수영이었다.

"수영을 통해 어떻게 자신을 통제하는가, 스트레스를 받을 때 어떻게 마음을 다잡는가 배울 수 있었다. 운동을 통하여, 좌절이라는 긴 터널을 뚫고 헤쳐 나가는 법을 터득하는 것은 이루 말할 수 없이 좋은 경험이다. 지금도 근심거리가 쌓이고, 직면한 문제들을 해결할 수 없을 만큼 힘들 때면 수영을 하러 간다. 수영을 하면서 원기를 회복하고, 어떤 도전이라도 새로 맞이할 신선한 기분을 내 안에 담아온다."

그렇구나. 공부뿐만 아니라 뭐든 꾸준히 잘하려면 체력부터 길러야겠구나. 쇠뿔도 단김에 빼랬다고, 4학년에 막 올라간 아이를 학교 수영반에 가입시켰다. 수영 하나만이라도 제대로 가르치자 싶었다. 다행히 연습 시간이 늦은 저녁이었다. 퇴근 후에 아이를 태워 수영장까지 데려다주는 게 큰 일과가 되었다.(흑, 몇 년 전 스케이트 배울 때랑 똑같네.)

아이들이 운동하는 동안, 엄마들은 이층 대기실에 앉아 수영장을 내려다보았다.(흑, 이것도 변하지 않았네.) 쑥쑥 실력이 늘어가는 아이들을 지켜보는 건 일종의 마약이었다. 빠져들면 헤어나질 못했다. 그렇게 지켜봐야 코치가 엄마들 눈치를 보면서 잘 가르친다는 암묵의 룰이기도 했다. 때때로 가혹하다 싶을 만큼 아이들을 숨차게 굴렸다. 발에 끼는 오리발로 엉덩이를 때리기도 했다. 수영을 마친 아이가 진이 빠져 나올수록, 엄마들은 돈값을 한다고 흡족해 했다.

"선수를 시킬 것도 아닌데, 저러다 수영에 흥미를 잃는 건 아닐까요?"

"아이고, 이 엄마가 아직도 뭘 모르네. 운동은 빡세게 해야 늘지요!"

앞서 경험한 엄마들 틈에서, 나는 마음 악한 신참내기 취급을 받았다.

수영장에 앉아 있다 보면 시간이 잘도 흘러갔다. 엄마들의 잡다한 수다가 끊임없이 이어졌다. 80퍼센트는 안 들어도 그만인 얘기들이었다. 퇴근 후 허겁지겁 달려온 황금 시간을 그렇게 흘려보내는 것이 아까웠다. 멀찌감치 혼자 앉아 책을 펼쳐도, 집중력이 떨어져 얼마 읽지 못했다. 수영장 입구에 아이만 내려 준 뒤, 다시 데리러 갈 때도 있었다. 거리가 애매해서 길에다 시간과 휘발유를 다 뿌리는 셈이었다.

이런저런 궁리 끝에, 그 시간에 나도 옆 레인에서 자유 수영을 하기로 했다.(기어이 스케이트 강습 때의 아쉬움을 실천한 것이다!) 당시 내 수영 실력은 자랑할 만하지 못했다. 아이들 발끝에도 미치지 못하는 수준이었다. 자유형으로 25미터를 간 뒤, 멈춰 섰다가 다시 돌아오기를 반복하는 정도였다.

신기하게도, 무의미하다고 여기던 그 시간이 기다려졌다. 수영처럼 같은 몸동작을 기계적으로 반복하다 보면 복잡하던 뇌가 단순해진다. 퇴근해서도 머릿속이 개운치 않은 정신노동자에겐 수영이야말로 운동인 동시에 휴식이다. 수영을 하고 귀가하면 씻을 필요 없이 바로 잠자리에 들 수 있어 편했다. 무엇보다 그때 수영하면서 얻은 큰 이점은 따로 있다. 아이가 연습하는 두 시간 운동량이 얼마나 힘든지, 엄마가 몸소 체득했다는 사실이다.

"휴, 한 시간만 수영해도 몸이 벌벌 떨리네. 우리 아들은 이걸 매일 하고 있으니 진짜 대단하다! 발차기를 어떻게 해야 속도가 빨라지니? 엄마는 아직 호흡을 잘

못 하는 거 같아."

군말 없이 연습하는 아이들이 하나같이 대견해 보였다. 더 빠르게 만들어 달라고, 더 많이 운동시켜 달라고 코치에게 무언의 압력을 보낼 마음 따위는 생기지 않았다. 아들은 학교 수영 대회에 나가 3등 메달을 땄다. 그 정도 실력에 만족했고, 수영반은 5개월 만에 그만두었다.

만약 〈4등〉의 준호 엄마가 수영을 하는 사람이라면 어땠을까. 기록을 줄여 보라고 그렇게 아이를 다그치진 못했을 것이다. 수영을 잘하는 아이로 키우고 싶다면, 엄마도 같이 배워 보길 권한다. 가만히 앉아서 얼마나 힘든지도 모르고 닦달만 하니, 아이한테 엄마 말이 잘 먹힐 리가 없다.

직접 해 보면 안다. 4등만 하는 준호지만, 그 정도 실력을 쌓기까지 얼마나 노력을 한 건지. 준호가 잠영을 하면서 파란 수영장 바닥을 물고기처럼 평화롭게 떠다니는 마지막 장면은 의미 깊다. 진정한 수영의 묘미를 알고 있는 준호에게, 대회나 등수 따위는 무용지물이었다. 엄마만 아무것도 모르는 것이다.

〈일곱 살부터 하버드를 준비하라〉의 저자인 이형철, 조진숙 부부는 강조한다. 수많은 부모 역할 중에서도 가장 중요한 것은 다름 아닌 솔선수범이라고.

"아주 어릴 때부터 아이들은 부모의 모든 말과 행동을 느낄 수 있다. 두세 살 무렵부터 부모의 생활 방식을 보고 듣고 배우기 때문에, 부모가 가정에서 하는 모든 행동은 아이들에게 직접적인 영향을 미친다. 부모가 우유부단한 모습을 보여주면 아이들도 우유부단해지고, 게으른 모습을 보여주면 아이들도 게을러진다. 아이들은 20여 년 이상을 부모와 함께 생활하면서 부모의 말과 행동을 그대로 따라하며, 또한 부모의 가치관을 자신의 것으로 만들어 버린다."

아마도 이즈음부터일까. 아이가 뭘 하기를 바라지 말고, 우선 나나 잘 살고 보자 싶었다. 아이는 수영을 멈췄지만, 엄마는 본격적으로 새벽반 수영을 다니기 시작했다.

아이는 부모 생각보다 훨씬 똑똑하다

101

우리 집 평범한 초등학생 아들도 예외 없이, 컴퓨터 게임을 좋아했다. 부모한테 받은 지구력 유전자는 유독 그쪽으로만 발휘되는 듯했다. 컴퓨터는 당연히 거실에 놓아두었다. 우리가 함께 있는 저녁에는 시간 제어가 가능했다. 중간에 그만두는 걸 아쉬워하면서도, 컴퓨터를 끄고 자기 방으로 들어갔다. 둘 다 회사 일로 늦을 때가 문제였다. 아이의 자유 의지에 맡길 수밖에 없었다. 고양이에게 생선 좌판 좀 봐달라고 부탁하는 것과 마찬가지였다.

그런 맞벌이 부모들의 불안감에 초점을 맞춘 획기적인 프로그램을 발견했다. 당시 바이러스 백신으로 유명했던 한 연구소에서 만든 걸로 기억한다. 매월 일정액을 지불하며 컴퓨터에 제어 프로그램을 깔았다. 정해 둔 시간이 지나면 자동으로 전원이 꺼졌다.

같은 프로그램을 부모의 휴대폰에도 깔 수 있었다.

외부에서 집에 있는 컴퓨터 화면을 보거나 강제 종료가 가능했다. 우리처럼 아이를 혼자 두고 다니는 부모에게는 더할 나위 없는 딱 '맞춤' 기능이었다. 부모의 성화 없이도 시간을 제어해 주니, 굳이 들여다보며 감시할 필요가 없었다.

"이 녀석, 지금 뭐 하고 있는지 볼까?"

그날은 부부 모임이 있어서 지하철을 함께 타고 가는 중이었다. 갑자기 남편의 호기심이 발동했다. 아이가 컴퓨터로 뭘 하고 있을지 나 또한 궁금했다. 프로그램을 실행했더니, 화면에 나온 것은 '스타크래프트' 같은 게임이 아니었다. 일본 애니메이션의 한 장면 같았다. 속옷만 입은 소녀의 가슴이 크게 부각된 그림이었다! 초등학교 5학년 녀석이 이런 야한 만화를 본다고?

교양 있는 부모는 휴대폰을 떨어뜨릴 뻔했다. 마치 본인들이 공공장소에서 포르노 영화라도 보다가 들킨 것처럼 당황스러웠다. 의논하고 자시고 할 틈도 없이, 남편은 자기도 모르게 강제 종료 버튼을 누르고 말았다. 마음을 가다듬고 정신을 차린 뒤 생각하니 헛웃음이 나왔다.

분명 아들 녀석도 우리만큼 놀랐을 것이다. 아직 시간이 남았는데, 이유 없이 컴퓨터가 꺼졌다면? 외부에서 강제 종료를 한 게 분명하다. 자기가 뭘 보고 있는지 엄마 아빠에게 들켰다는 말이 아닌가.

그 사건 이후, 우리는 더 이상 제어 프로그램을 사용하지 않았다. 아이의 비밀 일기장을 훔쳐보다 들킨 것처럼 양심의 가책을 느꼈냐고? 천만의 말씀이다. 그럼 아이가 개과천선해서 야한 애니메이션 따위에는 더 이상 눈도 돌리지 않았냐고? 만만의 말씀이다.

'전국 어린이 정보 찾기 대회'에 나가 2등 상을 탄 전력이 있는 아들 녀석은, 자기가 좋아하는 분야에서는 치열함을 선보였다. 얼마 지나지 않아 이 프로그램을 무력하게 만드는 방법을 찾아낸 것이다. 무슨 말이냐고? 부모들은 컴퓨터에 깔아 놓은 프로그램만 믿고 시간을 잘 제어하겠지 안심한다. 그동안 영민한 아이들은 시간제한 기능을 해제하고 마음껏 쓸 수 있는 방법을 저들끼리 공유했다.

이 경험을 통해 우리는 부모로서 큰 교훈 하나를 얻었다. 아무리 부모가 통제하고 튀어 나가지 못하도록 감시해도 그다지 소용이 없다는 것을. 자식은 자기가 하고 싶으면, 어떤 수를 찾아내서라도 할 만큼 똑똑하다. 그러니 아이를 불신해서 안절부절못하거나, 내 손바닥 위에서만 놀라고 가둬 봤자 쓸데없는 짓이다. 차라리 내 아이의 판단과 선택과 자유 의지를 믿는 게 더 낫다.

달을 따 달라고 졸라 댄 어린 공주 얘기를 들어 봤을 것이다. 온 나라에 비상이 걸렸다. 공주가 밤하늘에 빛나는 달을 가져오라고 막무가내로 울어 댔다. 덕망 높고 똑똑한 학자들은 죄다 달려가서 공주를 말린다. 달을 따 오는 것은 불가능한 일이라고. 오직 광대만이 어린 공주한테 찾아가 묻는다.

"공주님, 달이 어떻게 생겼나요?"

"바보야, 동그랗게 생겼지."

"공주님, 달은 얼마나 큰가요?"

"바보야, 손톱만 하지."

"공주님, 달은 무슨 색깔인가요?"

"바보야, 은빛이지."

광대가 손톱만 한 동그란 은빛 구슬을 달이라며 갖다 줬다. 공주는 그제야 만족하고 간신히 밥을 먹기 시작했다. 그날 밤, 달이 떠오르자 왕과 학자들은 또 술렁댔다. 공주가 달을 보지 못하도록 캄캄한 곳에 가두자, 수면제를 먹여 밤만 되면 일찍 재우자, 의견이 분분했다. 정말 그런 방법밖에 없을까. 어리석은 광대가 수선을 떨며 또다시 공주에게 묻는다.

"공주님, 이상해요. 제가 달을 따 왔는데 왜 또 달이 뜨는 거죠?"

"바보야, 이를 빼면 그 자리에 또 새로운 이가 나잖

아. 달도 똑같은 거야."

이렇게 아이들은 때론 어른보다 훨씬 똑똑하다. 이미 답이 뭔지 알고 있다. 그걸 모르는 부모가 자식을 위한답시고 머리를 굴린다. 밖을 내다보지 못하도록 가두려 하거나 얌전해지도록 약을 먹인다. 어릴 때는 간혹 먹힐지도 모르지만 크면 클수록 부모보다 아는 게 많아진다. 그런 사실을 인정하지 않고, 감시의 손바닥 위에만 올려 두려는 부모만큼 어리석은 존재가 또 있을까.

뒤돌아보면, 모범생 트랙만 걸어온 나도 결백하지 않다. 남한테 털어놓기 부끄러운 짓을 저지른 적이 있다. 부모님이 아시면 '설마 우리 애가 그럴 리 없어요' 싶은 일도 해 봤다. 괜히 걱정하실까 봐 종종 적당한 거짓말을 꾸며 댔다. 하지만 부모님을 실망시킬 수 없다는 대전제가 있었다. 인간의 도리나 상식을 넘는 행위는 하면 안 된다는 무언의 제어 장치가 늘 작동했다.

그러니 끝까지 믿어 보자. 부모가 바르게 사는 모습을 지켜본 아이라면 마른 나무처럼 뒤틀리지는 않을 거라고. 부모의 진정한 사랑을 받고 자란 아이라면 완전히 탈선하는 일은 없을 거라고. 설사 실수 좀 하고, 가던 길에서 벗어나면 어떤가. 사회에 악을 끼치는 범죄거나 남에게 피해를 주는 악행만 아니라면, 슬쩍 눈감아 주기도 하자. 거기에서도 배울 점이 있을 게 아닌가.

부모가 늘 보살피고 염려하고 사랑한다는 것. 보이지는 않아도 그런 커다란 울타리가 있다는 걸 자각하면서 아이들은 성장한다. 끝이 보이지 않는 대평원의 자유가 오히려 두려운 법이다. 넓은 목장 안에서 지치도록 날뛰다 보면, 망아지도 철들 날이 오겠지.

엄마의 '힘'에 대한 편견 하나

30년 가까이 책을 만들고 읽었다. 많은 사람을 만나 대화를 나눴다. 그러는 동안 나름의 데이터가 쌓이면서, 몇 가지 편견이 생겼다. 그중 하나는 엄마의 '힘'에 관한 거다.

아무리 생계가 어려워도, 엄마가 생활력이 강하면 자식을 배 곯리지 않는다. 폭력을 휘두르거나 술주정뱅이 아빠가 있는 가정은 지옥과 다름없어진다. 그럴 때에도 어떤 엄마들은 정신 줄을 놓지 않는다. 온몸으로 맞서거나, 자식을 품에 감싸며 숨 쉴 공간을 만들어 준다. 질긴 민들레 같고 뜨거운 화톳불 같은 모성의 손길을 받은 아이는, 비뚤어지기가 쉽지 않다.

내 엄마도 질기고 뜨거운 부류에 속한다. 자식을 위해서라면 당신 삶쯤은 어찌 되어도 좋다고 생각한다. 여든 가까운 연세에 쉰 넘은 자식을 걱정하느라 여념이 없다. 키 작은 딸을 슈퍼모델 쳐다보듯 늘 예쁘다고 말한다. 그때마다 부끄러워 질색을 하지만 어쩌겠나, 당신 눈에 그렇게 보인다는데. 어쩌면 나를 키운 팔 할의 힘은 지치지 않고 샘솟는 엄마의 '팬심'이었는지도 모른다.

글을 잘 쓰고 싶어 하는 사람들에게 꼭 권하는 책이 있다. 스티븐 킹이 쓴 〈유혹하는 글쓰기〉다. 단순히 글쓰기에 관한 원칙만 들어 있는 게 아니다. 홀어머니 밑에서 지지리도 가난하게 자란 소년. 그가 어떻게 세상에서 가장 유명한 대중작가 중 한 명이 되었는지 보여 준다.

남편이 가출한 뒤 홀로 자식 둘을 떠안은 엄마. 여섯 살짜리 아들은 조용할 날이 없는 사고뭉치다. 그런 아들이 글을 썼다며 보여 주는데, 엄마는 '감탄'을 연발한다.

"세상에 이런 신동이 있나!"

도둑이 제 발 저려, 아들은 만화책을 베껴 쓴 거라고 실토했다. 야단치거나 비웃는 대신 엄마는 이번엔 '자신감'을 북돋워 준다.

"기왕이면 네 얘기를 써 봐라, 스티브. 그 만화책은 허섭스레기야. 주인공이 걸핏하면 남의 이빨이나 부러뜨리잖니. 너라면 훨씬 잘 쓸 수 있을 거다. 네 얘기를 만들어 봐."

어린 스티븐은 자기 앞에 엄청난 가능성이 펼쳐진 듯 가슴이 벅차올랐다고 술회한다. 다시 열심히 이야기를 지어낸 아들은, 퇴근한 엄마에게 달려가 공책을 건넨다. 힘든 노동을 하고 왔으니 귀찮기도 할 법한데 엄마는 눈을 반짝였다. 거실 바닥에 핸드백을 내려놓고 그 자리에 앉아 아들의 글부터 읽었다. 이번엔 베끼지 않은 건지 묻고, 책으로 내도 좋을 만큼 훌륭하다고 '칭찬'을 아끼지 않았다. 스티븐 킹은 말한다.

"그렇게 나를 행복하게 만드는 말은 지금껏 어느 누구에게서도 들어 본 적이 없다."

나라면 어땠을까. 피곤에 절은 얼굴로 무의식중에 중얼거렸을지도.

"엄마 좀 쉬고, 나중에 봐 주면 안 될까."

아이가 쓴 글보다 학교 공부에 관심이 더 많았으려나.

"숙제는 다 하고 이런 걸 쓴 거니?"

순수하게 칭찬하지 못하고, 아이 취급을 해 버렸을까.

"너는 참 생각하는 게 엉뚱하기도 하다."

〈어린 왕자〉의 첫 부분을 기억하는가. 여섯 살짜리 아이가 정글의 모험에 대해 골몰하다가 '코끼리를 통째로 삼킨 보아 뱀'을 그렸다. 어른들에게 그림을 보여주지만 아무도 이해하지 못한다. 보아 뱀이 아니라 모자라고 우긴다.

이번엔 알아볼 수 있도록, 코끼리가 보이는 보아 뱀의 배 속을 그려 보여 준다. 어른들은 이런 쓸데없는 그림이나 그리지 말고, 수학이나 지리, 역사 같은 좀 더 의미 있는 것에 관심을 쏟으라고 충고한다. 그래서 아이는 여섯 살에 전도양양한 화가의 길을 접어 버린다. 더 이상 그림을 그리지 않는 어른으로 성장하는 것이다.

내 엄마의 풍성한 칭찬을 먹고 자랐으면서, 내 아이에겐 넉넉히 표현하지 못했다. 외동아들이 자만할까 봐 우려했다. 남 앞에선 더욱 말을 아꼈다. 팔불출 엄마가 되는 게 싫었다. 스티븐 킹의 엄마를 미리 만났더라면. 아이가 보내는 작은 신호에도 눈을 반짝이며 들어 줬을 텐데. 하던 일을 멈추고, 바로 그 자리에서 아이에게 집중해 주었을 텐데.

누군가에게 '감탄과 자신감과 칭찬'을 표현하는 건 기분 좋은 일이다. 진정한 팬들이나 할 수 있는 전형적인 쓰리 콤보다. 하물며 내가 낳은 자식에게 안 하고 못할 이유가 뭐란 말인가. 가난한 엄마는 돈을 줄 수 없다. 바쁜 엄마는 시간을 주기 어렵다. 하지만 가난한 엄마도 바쁜 엄마도, 얼마든지 자식에게 줄 수 있는 것이 감탄이요, 칭찬이다. 그것이 엄마라는 존재가 지닌 사소하면서도 강력한 힘이다. '열광하는 엄마'의 힘.

자식에게 베푸는 데 늦은 때란 없다. 요즘 나는 다 큰 아들을 연예인 바라보듯 눈부셔 한다. 엄마를 배려해

줄 때마다, 대견하다고 엉덩이를 두드려 준다. 일을 마치고 들어오면 고생했다고 '물개 박수'를 쳐 준다. 내 엄마처럼, 여든까지 아들의 팬으로 살아 볼 작정이다.

자상한 아빠가 딸에게 미치는 영향

그럼 아빠에 대한 편견은 없냐고? 없을 리가 있나. '열광하는 엄마'의 힘에 대칭되는 '자상한 아빠'의 힘이다. 우선 '자상하다'는 뜻부터 살펴보자. 국어사전에는 이렇게 나와 있다. '1.찬찬하고 자세하다. 2.인정이 넘치고 정성이 지극하다.' 한국 사회에서 흔히 생각하는 평범한 남성의 특질과는 거리가 있는 단어다.

자상한 남자가 되려면 천성적으로 타고나야 할 것 같다. 그것으로 끝나는 게 아니다. 사회가 요구하는 고정관념에 물들지 않고, 그 천성을 유지하려는 노력이 필요하다. 그러려면 남이야 뭐라고 하든 내 길을 간다는 강한 신념이 있어야 한다. 즉 자상한 남자란, 언뜻 유약해 보일지 모르지만 실은 누구에게도 휘둘리지 않는 외유내강형이 아닐까 싶다.

편집자로 일하면서 멋진 저자들을 많이 만났다. 특히, 주눅 들거나 눈치 보는 구석 없이 매사 당당한 여성들을 좋아했다. 그중 사회에서도 큰 성공을 이룬 몇몇에서 내가 발견한 공통점은 자상한 아빠 밑에서 성장했다는 거다.

어찌 보면 당연한 일일지도 모른다. 태어나서 처음 만나는 남자가 아빠다. 거인처럼 느껴지는 만능 슈퍼맨이다. 그런 존재가 어린 딸이 궁금해 하는 것을 찬찬하게, 자세히 가르쳐 준다면? 인정 넘치는 표정과 말로 정성을 다해 지극하게 보살펴 준다면? 세상이 만만하고, 무서울 게 없지 않겠는가. 초강력 울트라 보호막에 둘러싸인 느낌, 아니면 넓고 든든한 지지대를 밟고 올라선 기분. 결과와 상관없이 지지 받을 수 있다면 두려움이 사라진다. 겁내지 않고 뭐든지 시도해 본다. 자꾸 시도하다 보면 성공할 확률이 높아진다. 그런 경험을 쌓으며 야망이 크고 거칠 것 없는 여성으로 자라는 것이다.

그러니 자상한 남자를 골라 결혼했다는 것은 우선 본인에게 축복이다. 더 나아가 앞으로 태어날 딸에게 최고의 선물을 준비해 놓은 것과도 같다. 아내에게 자상한 남자가 어찌 딸한테 인색하게 굴겠는가. 열광적인 엄마의 힘은 아들이든 딸이든 가리지 않는 것 같다. 반면 자상한 아빠는 아들보다, 딸에게 미치는 영향이 크다. 그것이 바로 내가 가진 편견이다.

호프 자런이 쓴 〈랩 걸〉을 읽으면서 질투심이 불타올

랐다. 풀브라이트라는 과학상을 세 번이나 수상한 여성 과학자가 이렇게 글까지 잘 쓰다니! 뿌리와 이파리, 나무와 옹이, 그리고 꽃과 열매로 넘나들면서, 식물에다 자신의 삶을 접목시킨 우아한 전개에 정신없이 빠져들었다. 왜 유시민 작가가 "딸에게 권하고 싶은 책"으로 〈랩 걸〉을 추천했는지 알 것 같았다.

"나는 아버지의 실험실에서 자랐다"는 문장에서 부러움이 질투심을 따라잡았다. 마술사의 도구 같은 장비가 서랍 안에 가득한 그곳. 작은 소녀와 오빠들은 언제든 그 기구들을 가지고 놀 수 있었다. 그것을 다 꺼내 달라고 부탁할 때마다 과학자 아빠는 절대로, 한 번도 안 된다고 거절하지 않았다.

어두운 겨울밤 아버지와 딸은 공작과 왕처럼, 과학관 전체가 자기들 것인 양 누비고 다녔다.

"아버지와 나는 장비들을 꼼꼼히 점검해서 고장 난 곳을 고쳤다. 그리고 아버지는 고장 나기 전에 미리 장비를 뜯어서 어떻게 작동하는지를 보여 주고, 어쩔 수 없이 고장이 나면 어떻게 고칠 수 있는지도 가르쳐 주셨다."

얼마나 찬찬하고 자세하며, 정성이 지극한 아빠인가. 그러나 내게 가장 깊은 인상을 남긴 장면은 따로 있다. 매일 실험실에서 놀고 난 뒤, 저녁 여덟 시가 되면 문을 닫았다. 그리고 아빠와 딸이 3킬로미터나 되는 먼 길을 묵묵히 걸으며 집으로 향하는 것이다. 가벼운 말 한 마디 없는 고요한 침묵의 시간을 통해, 어린 여자아이는 무슨 생각을 했을까. 과학자인 아빠처럼 살고 싶다고, 언젠가는 나만의 실험실을 가져야겠다고 막연한 미래의 꿈을 다졌으리라.

일상의 시끄러움에서 벗어나, 고요한 우주의 한 존재가 되도록 놔두는 것. 컴컴하지만 무섭지 않도록 곁을 지키면서 무언의 신뢰감을 주는 아빠의 침묵. 이것이야 말로 자상함의 끝판왕이 아닌가. 호프 자런이 뛰어난 과학자가 된 것은 이상한 일이 아니다.

자상한 아버지 덕을 못 봐서, 이 정도밖에 되지 못했다고 생각한 나날들이 있었다. 철이 들면서 다행히 엄마의 팬심 덕분에 이만큼이나 되었다고 여기기 시작했다. 문 하나가 닫히면 다른 문 하나가 열리는 것이, 보이지 않는 세상의 법칙이다.

그렇다면 자상한 아빠를 두지 못한 딸에게도 희망은 있는 걸까? 당연히 있다. 남자 친구나 남편감을 고를 때 눈을 부릅뜨고 정신을 똑바로 차리면 된다. 인물이나 키, 경제 능력 같은 건 다 필요 없다. 오로지 '자상함'에다 방점을 찍자. 그리고 딸을 다섯쯤 낳으면 어떨까. 다 보상받고도 남으리.

"어머머, 오늘 학교 가는 날이에요?"

"띠링 띠링 띠링!"

곤히 자고 있는데 휴대폰 벨이 시끄럽게 울렸다. 게슴츠레한 눈으로 힐끗 화면을 들여다보니 아이의 담임 선생님이었다. 헉! 이 아침에 웬일로? 죄 지은 것도 없는데 불길한 예감이 들었다.

"네, 선생님. 안녕하세요. 어쩐 일로 전화를 다하셨어요?"

"어머니, 아이가 아직 학교에 안 왔는데요? 혹시 아침에 무슨 일이 있나 해서요."

"네? 어머머, 오늘 노는 토요일 아닌가요?"

몇 달 전에 큰 규모의 출판사로 자리를 옮겼다. 면접을 보는 동안 가슴이 두근거려 견딜 수가 없었다. 옥상에 올라가 '야호' 소리라도 지르고 싶었다. 연봉이나 근무 환경 같은 건 따지지도 않았다. 이미 '주 5일 근무'를 시행하고 있다는 소리에 무조건 이직을 결심한 것이다.(당시엔 격주 토요일만 쉬거나 여전히 주 6일 근무하는 회사가 많았다.)

그만큼 일하는 엄마한테 토요일 여가가 생긴다는 건 엄청나게 절실한 혜택이었다. 금세 주 5일 라이프스타일에 익숙해졌다. 주말이면 마치 놀기 위해 태어난 듯이 '호모 루덴스'로 변신했다. 격주 토요일마다 학교를 가야 하는 아들이 측은할 뿐이었다.

선생님은 지각 처리를 하지 않을 테니 이제라도 아이를 보내라고 했다. 학교가 엎어지면 코 닿을 거리에 있는데 무슨 걱정인가. 하지만 아이는 자기 방 침대 위에서 자고 있는 게 아니었다. 그때 우리 세 식구는 서해안으로 향하는 전세 버스를 타고 있었다. 태안에서 열리는 '트라이애슬론' 대회에 참가하기 위해 새벽에 집을 나섰다. 남편과 나는 릴레이 선수로 출전하고, 6학년짜리 아들은 자원봉사를 하겠다고 신청해 놓았다.

급하게 가족 여행을 오는 바람에 미처 말씀을 못 드렸다고 얼버무리며 전화를 끊었다. 선생님과 통화하는 소리를 듣고 있던 조용한 버스 안은 순식간에 시장 바닥처럼 변했다. 당장 결석으로 처리되었으니, '정신 줄 놓은 엄마'라고 흉을 본 사람도 있을 것이다.

누가 정신 줄을 놔? 이번엔 비록 착각하긴 했다만, 결과는 마찬가지였을 것이다. 만약 쉬는 토요일이 아니었더라도 분명 아들과 함께 왔을 테니까. 어른도 닷새만 일하니 이렇게 좋은데, 아이는 어떻겠는가. 꼭 학교에서만 보고 듣고 배우는 게 아니다. 멀리 내다보면 오늘 아이가 경험할 일이, 학교 수업을 받는 것보다 영양가가 높을 거라고 믿었다.

엄마 아빠가 번갈아 가며 하루 종일 수영하고 자전거 타고 뛰는 동안, 아이는 어디선가 열심히 자기가 맡은 일을 해냈다. 점심 도시락으로 지급된 돈가스 상태가 별로였던지, 배가 살살 아팠는데도 전혀 꾀를 부리지 않았다. 대회를 마친 부모는 피곤에 절어 세상모르고 곯아떨어졌다. 그 틈에 다른 아저씨들과 어울려 바닷가로 밤낚시를 하러 갔나 보다. 나중에 재미있었는지 물어보니, 돌아온 대답이 의외였다.

"그 아저씨들은 뭐랄까, 낭만을 좀 아는 것 같아요."

비록 수업은 빼먹었지만, 아이는 분명 학교에서 배우지 못하는 인생 공부를 한 셈이다. 어쩌면 부모 몰래 아저씨들한테 시원한 막걸리 한잔을 얻어먹었을지도 모른다. 나름대로 바쁜 예비 중학생의 나날에 잠시 '낭만'이라는 쉼표를 찍은 것이다.

후배 손미나 작가가 쓴 책 〈내가 가는 길이 꽃길이다〉에는 유독 아버지 얘기가 많이 나온다. 살아계실 때

나도 몇 번 함께 뵌 적이 있다. 너그럽고 유머가 넘치는 아버지셨다. 더불어 평생 공부를 한 학자로서, 사랑하는 자식들에게 세상을 멀리 바라보는 지혜를 알려 주신 듯하다.

고3이었던 딸이 여름방학을 맞자, 아버지는 당신이 재직하던 청주대학교로 데리고 가셨다. 친구들은 밤잠을 줄여 가며 머리를 싸매고 더 치열하게 공부하는 기간이었다. 아버지 생각은 좀 달랐다.

"시간에 쫓기는 일일수록 한 템포 쉬면서 숨을 골라야 승산이 높아지는 법이다. 아빠랑 같이 바람 좀 쐬고 오자!"

방학 내내 보충수업을 빼먹고 한산한 대학 캠퍼스에서 쉬다니! 보통의 관점에선 정신 나간 무모한 짓이었다. 다시 학교에 돌아왔을 때, 친구들은 여름 내내 지치고 자신감도 뚝 떨어진 상태였다. 하지만 푹 쉬면서 재충전한 딸은 최상의 컨디션으로 시험 전 100일을 거뜬히 달려 나갈 수 있었다.

요즘 아이들은 죄다 바쁘다. 부모들은 아이를 가만히 쉬게 두지 않는다. 공부는 물론 어쩌면 노는 것조차 꽉 짜인 시간표 일정 중의 하나가 아닌가 싶다. 그런데 몸이 조급하고 머릿속이 바쁠 때는 좋은 생각이 나지 않는다. 인간은 심심할 때, 그리고 자유롭게 놀 때 오히려 창의적으로 변한다고 하지 않았나. 혼자만의 공간에서 뒹굴거리는 시간이 있어야 한다.

부모가 조급하거나 욕심이 많아서, 아이들의 시간과 공간에 여지를 주지 않는다면? 아무리 눈을 부릅뜬 채 봉오리 맺은 꽃을 들여다봐도 꽃잎은 쉽사리 열리지 않는다. '시간'이 필요하다. 모른 체하고 한참 딴 데서 볼일을 보고 오면, 어느 새 꽃이 활짝 피어 있는 것처럼.

텃밭의 배추나 열무도 마찬가지다. 씨를 뿌릴 때부터 듬성듬성 '공간'을 주어야 한다. 서로 다닥다닥 붙은 채로 있으면 크고 풍성하게 자랄 수 없다. 잎과 뿌리가 뻗어 나가도록 반드시 솎아 줘야 한다. 그것이 명확한 자연의 흐름이요, 살아가는 생명체의 법칙이다. 인간은 오죽하겠는가. 학교 규율과 부모의 간섭에서 벗어나 보는 경험이 필요하다. 결코 그 시간이 헛되지만은 않다. 아이들은 그러면서 쑥쑥 자란다.

최근 기승을 부리는 코로나19로 어린아이들이 학교에 가지 못해 안타깝다. 기본적인 학습 능력이 떨어져 큰일이라는 우려가 높다. 얼른 정상적인 생활을 회복해야겠지만, 한편으론 궁금하기도 하다. 어쩔 수 없이 시간이 많아진 '코로나 키즈'들이 기존의 세대와 비교해 생각의 범위가 달라지진 않을까.

이제는 돌아가신 황현산 선생님도 첫 산문집 〈밤이 선생이다〉에 쓰셨다.

"여름날 왕성한 힘을 자랑하는 호박순도 계속 지켜만 보고 있으면 어느 틈에 자랄 것이며, 폭죽처럼 타오르는 꽃이라 한들 감시하는 시선 앞에서 무슨 흥이 나겠는가. 모든 것이 은밀한 시간을 가져야 한다."

고된 시간을 다독이며,

깊어지고

누구를 위하여 '매'는 때리나

"철썩!"

갑자기 얼굴에서 불이 났다. 따귀를 맞은 것이다. 그날따라 약간 지각을 했다. 남동생이 아침에 늑장을 부렸기 때문이다. 수업에 늦지 않으려고, 교문에서부터 넓은 운동장을 가로지르며 뛰어갔다. 그걸 목격한 교감 선생님이 우리 둘을 오라고 손짓했다. 그러더니 다짜고짜 내 뺨을 때렸다. 겨우 초등학교 5학년짜리를! 맘껏 뛰어놀라고 만든 운동장을 가로질렀다는 이유로!

태어나서 지금까지 딱 한 번, 그렇게 따귀를 맞았다. 야만스런 교육자가 횡행하던 시절이니 그만하면 오히려 운이 좋은 편이랄까. 아픈 건 금세 사라졌지만 충격은 오래갔다. 살 속에 깊숙이 박힌 가시처럼, 실은 이 나이가 되도록 잊히지 않는다.

내가 유난스럽나 싶어 남편에게도 그런 경험이 있는지 물어봤다. 당연히 있고말고. 직업 군인인 아버지를 따라 어릴 때 이리저리 학교를 옮겨 다녔다. 한번은 시골에서 서울로 전학을 왔다. 다음 날인가 체육 시간에 다들 노란색 체육복을 입었다. 남편 혼자만 초록색이었다. 형편이 안돼 미처 새 체육복을 구입하지 못한 것이다.

무지막지한 체육 선생이, 사연도 묻지 않고 뺨부터 때리더란다. 왜 혼자 엉뚱한 체육복을 입고 왔냐고. 사연을 전해 들은 어머니는 당장 학교로 달려가 전후사정을 얘기했지만, 이미 맞은 따귀를 무를 수가 있나. 그 얘기를 듣는데 어린 남편이 가엾어서 눈물이 났다.

우리 나이쯤 되는 부모라면 크게 다르지 않을 것이다. 일부 교사들이 교육의 탈을 쓰고 몰지각하게 학생을 때려도 문제가 되지 않았다. 다행히 한 세대가 바뀌는 동안 인권 의식이 높아지고 교육 시스템이 진화했다. 아들은 초중고를 거치면서, 단체 기합 외에는 개인 체벌을 받은 기억이 별로 없단다.

이제는 선생이 학생을 때리면, 아이들이 동영상을 촬영해 세상에 알리곤 한다. 부모들이 득달같이 항의할 뿐만 아니라 아예 교사 자격을 잃을지도 모른다. '매'라는 체벌은 물론 단체 기합도 학교에서 사라졌다고 봐도 무방하리라.

　　그렇다면 요즘 가정에서는 어떤지 궁금하다. 대부분 외동이거나, 둘밖에 없는 귀한 자식이다. 부모가 아이를 때리는 일은 없어졌나? 여전히 '사랑의 매'라는 이름으로 회초리를 들까? 여러 번 타일러도 안 듣거나 반항하는 아이는 어떻게 하지? 치밀어 오르는 분노를 참지 못해서 자기도 모르게 손이 올라간 경우는? 매는 때리지 않지만, 말로 심하게 모욕하지는 않을까? 여러분은 어떤 부모인가.

　　우리 부부는 한 가지 교육 원칙에 의견이 같았다. 어린아이라도 버릇없이 굴거나, 남에게 피해를 끼치면 안 된다는 것. 백화점 같은 공공장소에서 아이가 장난감을 사달라고 바닥에 누워 떼를 부린 적이 있다. 화가 나는 걸 꾹 참고 어찌어찌 집까지 데리고 왔다. 때리진 않았지만, 방에 집어넣고 혼자 있도록 벌을 주었다. 제인 에어는 붉은 방에 갇히자, 숙부의 유령이 나올까 봐 무서워서 기절하지 않나. 다섯 살쯤 된 아이한테 매만큼이나 가혹한 벌이었는지 모르겠다. 엄마 아빠가 왜 저러는지, 천지분간도 잘 못할 땐데 말이다.

　　그 원칙만 어기지 않으면, 부모로서 벌을 주거나 크

게 야단칠 일이 없었다. 아이는 주변 또래들에 비해 유순하고 차분했다. 다툴 형제가 없다 보니 물욕이나 식탐을 부리지 않았다. 세상만사 태평하고 급할 게 없었다. 엄마 입장에선 답답할 때가 있긴 했지만, 억지로 다그치려고 들진 않았다. 아들과 나는 소울메이트라고 농담할 만큼 죽이 잘 맞았다. 적어도 엄마 모르게 딴짓을 하거나, 거짓말을 하는 일은 없을 거라고 자신했다.

아이가 초등학교 4학년 때였나. 1박 2일로 회사 워크숍을 갔다가 저자의 결혼식까지 들러야 했다. 차가 막히는 바람에 토요일 저녁때야 기진맥진한 채로 귀가했다. 당연히 집에 있어야 할 아들이 보이지 않았다. 남편도 일찍 나간다고 했으니 아이는 아침부터 혼자였을 것이다. 부엌에는 밥을 챙겨 먹은 흔적조차 없었다.

저녁을 사 먹으러 나갔나 싶어 자주 가는 식당에 전화해 봤다. 오늘은 온 적이 없단다. 친구네 집에도 놀러 가지 않았다. 자전거가 보이지 않는 걸 보면 뚝방에서 타고 있나? 지친 몸을 이끌고 아이를 찾아 나섰다. 구석구석 놀이터를 둘러봤지만 아파트 주변엔 없었다. 갑자기 한 줄기 싸한 찬바람이 머릿속을 훑고 지나갔다.

'혹시 이 녀석이 PC방 같은 델 갔나?'

집에서 게임을 못 하게 원천봉쇄한 것도 아니다. 다

만 일정한 시간이 지나면 컴퓨터가 잠기는 프로그램을 깔아놓았다. 그것이 아이가 지켜야 할 최소한의 약속이었다. 마음속으로 '설마' 싶으면서도, 집 근처에 있는 PC방을 뒤지기 시작했다. 세 번째로 찾아간 가장 후미진 PC방 앞에 아무렇게나 던져진 낯익은 자전거가 눈에 띄었다.

박상영의 연작 소설 '우럭 한점 우주의 맛'에는 이런 장면이 나온다. 6년 만에 암이 재발하여 투병중인 엄마가 간병하는 아들을 앞에 두고 유치원 시절을 회상한다. 아이가 없어진 줄 알고 허겁지겁 찾아 헤매던 엄마는 멀리서 가게 앞을 서성이는 아들을 발견한다.

아이는 호기심 가득한 얼굴로 가게 하나하나를 들여다보고, 엄마는 그 모습을 뒤에서 지켜본다. 만져도 보고 관찰하며 홀로 낯선 세계에 들어가는 풍경. 그곳에서 두려움을 느낀 것은 엄마였다. 어느새 아이가 자신만의 세계를 갖게 되었음을, 더 이상 엄마가 알던 존재에 머물러 있는 것이 아님을 깨닫는 순간이다. 섭섭하고 무서웠다는 소설 속 엄마의 고백을 한참 바라보았다.

사실은 나도 그런 심정이 아니었을까. (당시엔) 어두컴컴하고 담배 연기 가득한 PC방 구석에서 아들의 조그만 뒤통수를 발견했다. 그랬구나. 이런 데를 드나드는 것도 몰랐구나. 당장 한 대 쥐어박고 싶은 충동을 누르고 어깨를 톡톡 두드렸다. 뒤를 돌아본 순간, 녀석의 눈동자가 밖으로 튀어나오는 줄 알았다. 자전거를 끌면서 우리는 집까지 조용히 걸어왔다.

생각할수록 괘씸했다. 적당히 끝내고 집에 앉아 있었더라면 계속 몰랐을 게 아닌가. PC방 같은 데는 범접도 안 하는 순둥이로만 여겼다. 자제를 못하는 바람에 현행범으로 잡힌 것이다. 야단치고 자시고 할 것도 없이 대나무 자부터 찾아 들었다. 있는 힘껏 아들의 손바닥을 열 대쯤 때렸다. 평소 잘 울지 않던 아들은 닭똥 같은 눈물을 흘리면서 사나운 눈빛으로 쳐다봤다. 고집스럽게 등을 돌리고, 쾅 소리가 나도록 문을 닫았다.

마음이 괴로워진 건 오히려 나였다. 4학년짜리 아이가 PC방에 간 게 뭘 그리 잘못한 거라고 매를 들었을까. 가만히 생각해 보니 아이의 행동 때문이 아니었다. 주말에도 아이를 혼자 뒀잖아. 그러니 애가 밥까지 굶고 컴컴한 공간을 찾아간 거잖아. 일한답시고 주말마저 아이를 방치한 미안함이 꼬깃꼬깃 뭉쳐 있다가 거미처럼 기어 나왔다. 이런 날은 운동 좀 안 하면 어디 덧나나? 무책임한 남편에 대한 분노에다 피로감까지 뒤섞여 그런 식으로 폭발한 것이다. 어린아이라고 모르겠는가, 엄마가 지나칠 만큼 화를 내는데.

밥 먹을 때가 되자, 아이는 아무 일도 없었다는 듯

이 헤헤거렸다. 식탁에 마주앉아서 진지한 표정으로 아이한테 사과했다.

"아까는 미안했어, 아들아. 네가 약속을 어기긴 했지만 그렇다고 맞을 짓을 한 건 아니야. 엄마가 흥분해서 너를 때린 게 잘못한 거야."

알아들은 건지 못 알아들은 건지, 아이는 밥그릇을 싹 비웠다.

"약속할게. 이제부터 어린애라고 엄마 멋대로 대하지 않을게. 강제로 뭘 시키거나, 매를 들고 때리는 일은 절대 없을 거야."

나는 그 약속을 지켰다. 아이와 한 약속이 아니라 나 자신과 한 거였다. 장난으로 때리는 시늉조차 하지 않았다. 이런저런 것을 해 보라고 권하긴 했지만, 하기 싫다고 하면 그 자리에서 마음을 접었다. 물론 고등학교를 졸업할 때까지 몇 번이나 실망스러운 일들을 겪었다. 하지만 어떤 잘못도, 매를 맞거나 욕을 먹을 만한 일은 아니었다.

연인이나 부부 사이는 서로 동등해야 한다. 단 한 번의 가벼운 폭력이라도 그냥 넘겨서는 안 된다. "맞을 만하니 때렸다"라거나 "너무 사랑해서 때렸다"라는 말은 절대 허용되지 않는다. 인간과 인간 사이에 '맞을 만한 짓'이란 없다. 욕설이나 폭언이라고 그보다 가볍지 않다. 정신적으로는 더 끔찍한 폭력이다.

그러니 부모보다 모든 면에서 약한 존재인 자식은 어떻겠는가. 흔히 쓰는 '사랑의 매'라는 말은 완벽한 모순이다. 사랑하면 감싸야지, 때리지 말아야 한다. 설사 사랑하지 않더라도, 때리는 건 안 된다. 권위에 의한 어떤 폭력도 아이에게 행해선 안 된다. 자유 교육의 선구자 페레가 말했다. 예쁜 꽃으로도 아이를 때리지 말라고.

하고 싶으면 아빠나 해라, 공무원

그날은 야근을 하느라 밤늦게야 집에 도착했다. 남편과 아들은 각자 방에서 잠이 든 것 같았다. 가방을 놓고 얼핏 식탁 위를 보니 아이의 '탐구생활'이 놓여 있었다. 늦게 들어온 엄마가 봐줘야 할 숙제가 있다는 우리들끼리의 약속이었다. 옷도 갈아입지 않고 슬슬 넘겨 보면서 내가 체크해야 할 부분을 찾았다.

초등학교 4학년짜리에게 '어른이 되면 하고 싶은 일'에 대해 물어보는 과제였다. 꿈은 크게 가지라고 했다. 이왕이면 '대통령'이라든가 '우주인'이면 어떤가. 아이가 삐뚤삐뚤한 글씨로 빈 칸에 적어 넣은 것은 '만화가'였다. 고우영이나 허영만 같은 대가들을 떠올리며 쓴게 아니었다. 아이가 생각하는 만화가란, 작은 방에서 고양이를 키우며 혼자 오밀조밀한 그림을 그려내는 사람이었다.

그 아랫부분에 단정한 남편의 글씨가 보였다. '아빠가 바라는 아이의 직업'란에는 '공무원'이라고 적혀 있었다. 어처구니가 없어 나도 모르게 웃음이 튀어나왔다. 아이고, 아이의 포부는 고양이 낯짝만 하고, 아빠의 바람은 강아지 얼굴만 하구먼. 어디를 봐도 부정할 수 없는 부자지간임에 틀림없었다.

다음 날 아침, 밥을 먹으면서 숙제 얘기를 꺼냈다.

"아들아, 너는 만화가가 되고 싶잖아? 그럼 제일 하기 싫은 일은 뭐야?"

"공무원이요."(아무래도 엄마의 영향을 받은 거 같다.)

"그럼 자기는? 아들이 제일 안 했으면 좋겠다 싶은 직업이 뭐야?"

"만화가."

입안에 들어 있던 밥알이 죄다 쏟아져 나왔다. 이런 지독한 동상이몽을 봤나. 두 직업 다 흡족하지 않았지만, 중재자로서 엄마는 아들 손을 번쩍 들어 주었다. 아빠는 공무원을 안전한 철밥통이라고 여기지만, 과연 언제까지 그럴까. 아웃사이더 취급을 받는 만화 매체가 미래에는 주류 대중문화로 떠오르지 않을까.

그 후 15년이 흐른 지금. '공시생'이라는 말이 생길 정도로 공무원의 인기는 여전히 하늘을 찌른다. 내 생각이 섣불렀다. 웹툰이라는 장르가 폭발적인 사랑을 받으며, 만화가는 사람들이 꽤 선망하는 직군으로 떠올랐다. 남편도 미처 짐작하지 못한 일이다. 정작 성인이 된 아들은 공무원도 만화가도 아닌, 엉뚱한 일을 하며 돈을 벌고 있다.

지난 30년, 우리 세대가 경험한 변화의 폭을 돌아보면 현기증이 날 만큼 아찔하다. 나만 해도 손에 컴퓨터를 쥐고 다니게 될 줄은 몰랐다. 공상과학 소설이나 영화에만 등장하는 일이라고 여겼다. 나아가 빅 데이터와 인공지능이 등장하고 4차 산업혁명이 도래했다. 앞으로 맞을 변화는 더 폭 넓고 거세며 속도가 빠를 것이 분명하다. 오직 '변화할 것'이라는 사실만이, 유일하게 짐작할 수 있는 확실한 미래 전망이다.

그러니 현대를 사는 부모가 본인의 과거 경험을 앞세워 판단하는 건 얼마나 시대착오적인가. 미래를 살아갈 아이의 꿈이나 직업을 미리 재단하거나 강요할 수 있을까. '밝은 지혜로 미래를 내다본다'는 〈명견만리〉 '미래의 기회' 편에는 이런 숫자가 등장한다. 3-5-19. 무슨 의미인지 알겠는가?

다음 시대에는 한 사람이 3개 이상의 영역에서, 5개

이상의 직업을 갖고, 19개 이상의 서로 다른 직무를 경험하며 생을 살 것이라는 예측이다. 일생을 한 가지 직업으로 살 수 있는 시대는 얼마 남지 않았다고 미래학자들은 이야기한다.

대학 졸업장 하나로 회사에 들어가 은퇴할 때까지 먹고살았던 건 부모 세대로 끝났다. 그런데도 아직까지 우리 사회는 직업 하나를 선택하면 평생 그 일을 하며 살 수 있을 거라고 믿는 듯하다. 오로지 첫 직장에 들어가기 위해 대학 4년은 물론, 졸업한 이후에도 젊음을 몽땅 바치는 경우가 허다하니까.

아무리 세상이 변해도, 어렵게 따낸 전문직은 끄떡없을 거라는 믿음도 창궐한다. 맞다. 아직까지 법조인이나 의사는 돈을 잘 벌고 사람들에게 대접 받는 최고의 직업이다. 교사나 공무원은 잘릴 위험이 적은 안정된 직업이라는 걸 우리 눈으로 똑똑히 봐 왔다. 여전히 부모들은 아이가 학교 공부를 잘하고 시험을 잘 쳐서, 그런 직업을 가지면 좋겠다고 선망한다.

10년 후라면 어떨까. 이미 많은 미래서들은 빅 데이터 같은 기술 혁신이 현재 전문직이 독점한 영역까지 대신할 거라고 예견한다. 판례라든가 병의 진단, 약 처방 같은 고유 분야가 인공지능으로 대체된다면 그 직업군에 무슨 변화가 일어날까. 더구나 초유의 코로나 팬데믹이 전 세계를 강타한 지금, 세상의 판도가 어떤 식으로 변할지 캄캄한 오리무중이다.

고령화 시대를 맞아, 현재 활동하는 법조인이나 의료인들이 굳건히 자기 자리를 지키면 어떻게 될까. 젊은 세대가 어렵게 시험을 통과해도 더 이상 끼어들 여지가 없을 만큼 과다 공급에 걸릴지도 모른다. 비단 그 두 분야뿐일까. 부모 세대가 가장 좋다고 여기는 일이 아이들 세대에는 최악의 직업이 될 수 있다. 그것이 앞으로 우리가 맞을 세상이다. 3대 의사 집안을 만들겠다고 모두가 미쳐 날뛰는 드라마 〈SKY 캐슬〉에서 건진 최고의 명언은?

"서울 의대, 그렇게 가고 싶으면 할머니가 가시지 그랬어요."

유발 하라리는 〈21세기를 위한 21가지의 제언〉에서 쓴소리를 많이 했다. 특히 현재를 사는 15세 소년에게 던진 조언은 의미심장하다. 어른들에게 너무 의존하지 말라는 거다.

"과거에는 어른 말을 따르는 편이 상대적으로 안전했다. 왜냐하면 어른들이 세상을 아주 잘 알았기 때문이다. 그때만 해도 세계는 천천히 변했다. 하지만 21세기는 다를 것이다. 변화의 속도가 빨라지면서 어른들의 말이 시간을 초월한 지혜인지, 시대에 뒤떨어진 편견에 불과한지 결코 확신할 수 없을 것이다."

그렇다면 21세기, 아니 22세기를 살아갈 아이들을 대체 어떻게 키우면 좋을까. 나도 모른다. 나 역시 평범한 구시대 교육체계의 산물이니까. 다만 미래를 내다보는 유발 하라리의 의견을 대신 전할 수 있을 뿐이다.

"변화에 대처하고, 새로운 것을 학습하며, 낯선 상황에서 정신적 균형을 유지하는 능력."

비단 아이들한테만 필요한 능력처럼 보이는가? 내가 보기엔, 부모들 먼저 깨치고 습득해야 할 중요한 생존 요령이다. 엉뚱하게 자식 들볶지 말고, 정 하고 싶으면 본인이 직접 하라는 말씀.

막을 게 아니라, 가볍게 여기지 않도록

"하! 나, 진짜 놀랐다!"

운동을 같이 하는 친구가 밥을 먹으면서 해 줬던 얘기다. 일요일 아침, 아내와 어린 막내아들을 데리고 평소처럼 교회에 갔다. 거기서 점심까지 맛있게 먹고 집에 돌아와 보니, 손님들이 와 있었다. 중3인 큰아들의 친구들이었다. 아들을 포함해 남학생 셋, 여학생 셋이었다. 아들 방에 몰려 있어도 놀랄 판인데, 안방 침대 위에서 다같이 이불을 덮고 놀고 있더란다.

그런 상황을 보리라곤 상상을 못 해 봤기에, 당황한 표정을 숨기지 못했다. 한편으로는 여학생과 단둘이 있지 않아서 그나마 다행이라고 가슴을 쓸어내렸다는 거다. 그 상황이 하도 실감나서 모두 웃음을 터뜨렸지만,

이게 꼭 남의 얘기겠는가. 자식을 키우는 부모라면 누구나 겪을 수 있는 일이다. 부모가 교회에 가는 확실한 시간을 노려 이성 친구를 몰래 집으로 끌고 오는 아이들이 있다더니. 집은 그나마 나은 편인가. 학교 옥상 같은 사각지대에서도 종종 아이들의 '밀회'가 벌어진다는 소리를 들었다.

미국 드라마를 보면 이미 중학생 나이에 육체관계를 갖는 경우가 많다. 사춘기에 들어선 아이들의 피는 어른만큼이나 뜨겁다. '남성 호르몬의 왕'인 테스토스테론이 20배나 증가하는 남자 아이들은 특히 성에 대한 집착이 강해진다. 여자 아이들도 자신의 성적인 매력이 남자들에게 미치는 영향력을 알아차린다.

쓰나미처럼 밀려드는 호르몬의 영향을 아이들 스스로 통제하기란 어렵다. 본인들조차 '내가 왜 이러나' 싶을지 모른다. 부모가 눈을 부릅뜬 채 감시한다고 해도 돌아가지 않는 CCTV 수준일 것이다. 아이들이 미꾸라지처럼 감시의 손가락 사이를 빠져나가는 것은 귤 까먹는 것보다 쉽다. 부모가 미처 짐작 못하는 일들이 버젓이 벌어지고 있는 게 현실이다.

우리 애는 다르다고, 언제까지 남의 일처럼 '도시 괴담' 취급할 것인가. 애들이 하는 건 사랑이 아니라고, 어떻게 감히 재단할 것인가. 못 하게 막을 것이 아니라, 가볍지 않게 여기도록 가르치는 일이 더 중요하다. 아이들이 예상보다 일찍 성관계를 가질 수 있다는 전제하에, 구체적으로 몸과 마음의 준비를 시키는 쪽이 효율적이다.

선배 언니 중 한 분은 딸이 고등학생일 때부터 늘 비상금을 주었다고 한다. 그 이유를 듣고 놀랐다. 혹시나 남자 친구와 자게 될 경우, 지저분한 숙박업소 말고 깨끗하고 안전한 데로 가면 좋겠다는 엄마의 바람이라는 거였다. 이런 배포 크고 성숙한 엄마를 둔 딸은 참 행복할 것 같다.

임신이 되지 않도록, 그리고 성병에 걸리지 않도록 콘돔을 쓰는 것도 평소 철저하게 강조해야 한다. 원하지 않는 임신과 낙태를 해야 한다면, 특히 여학생은 육체 손상만이 아니라 정신에도 트라우마가 남는다. 소설가 제임스 설터의 표현을 빌리자면 "세상이 끝나는 것은 아니지만 상당히 치명적"일 수 있다. 여자아이에게는 성관계 전에 당연히, 당당히 그리고 반드시 상대에게 피임을 요구하는 태도를 가르쳐야 한다.

하지만 나는 순서가 틀렸다고 생각한다. 여자 친구가 말을 꺼내기 전에, 필히 콘돔을 쓰도록 남자아이들부터 선도하는 게 우선이다. 이런 성교육은 아버지가 아들에게 가르치는 것이 가장 자연스럽지 않나? 주위를 살

펴보면, 성과 관련된 대화를 편하게 나눌 만큼 사근사근
한 부자 사이가 별로 없다는 게 문제다.

우리 집 또한 무뚝뚝한 아빠만 믿고 때를 놓치느니,
차라리 내가 나서자 싶었다. 물론 요즘 아이들은 어릴
때부터 야한 동영상이나 애니메이션 등에 많이 노출되
어 있다. 세세한 것부터 가르칠 필요는 없었다. 다만 기
회가 있을 때마다 아들과 이런 대화를 나눴다.

"여자 친구랑 '너무너무' 자고 싶으면 자야지, 그걸
누가 말리겠니? 다만 여자 친구의 의견을 항상 배려하
는 게 남자의 역할이야. 그리고 콘돔! 죽으나 사나, 자나
깨나 콘돔! 알지? 만약 잘못해서 아기가 생기면 어쩔래?
결혼해야지, 뭐. 둘 다 대학 가기도 힘들지, 친구들이랑
놀지도 못하지, 단칸방에 살면서 우윳값 벌어야 할걸…
어쩌고저쩌고."

이쯤 되면 아들은 웃으면서 먼저 선수를 치곤 했다.

"알았어요, 엄마. 그럴 일이 생기면 꼭 콘돔부터 챙
길게요."

예전에 친정 엄마는 나와 함께 드라마를 볼 때, 키스
라도 하는 장면이 나오면 텔레비전을 향해 "떽!" 하고 소
리쳤다. 뭔가 어색하고 쑥스러우셨나 보다. 그래서 은연
중에 나는 사랑이나 섹스는 부끄럽고 몰래 하는 거라는

선입견을 가졌다. 한 세대가 지났으니 우리는 달라져야 한다. 쉬쉬하거나 부끄러워 말을 못 꺼내는 게 잘못된 것이다. 자연스럽고 공개적으로 아이들과 성과 사랑에 대해 얘기해야 한다.

요즘엔 오히려 자식들이 사랑 한번 제대로 못하고 나이 먹을까 봐 걱정하는 부모가 많다. 연애, 결혼, 출산을 포기한 삼포세대도 모자라 오포, 칠포, N포 세대까지 등장했으니 말이다. 어릴 때는 콘돔 안 쓸까 봐 걱정하던 나도 점점 후자 쪽으로 기울어지고 있다. 아들은 연애보다 먹고사는 것을 해결하는 일이 훨씬 시급하다고 말한다.

눈에 불꽃이 튀고 심장이 두근거리는 연애가 때론 생계보다 중요하다는 걸 어떻게 알려 줘야 하나. 어린 자식이나 나이든 자식이나 가릴 것 없이 제대로 된 성, 아니 사랑 교육이 필요한 시대가 올 줄이야!

우리, 자식한테 목매지 말고 삽시다

브래드 피트가 나오는 〈가을의 전설〉을 보셨는지. 몇 번
씩 봐도 질리지 않는 영화다. 미국의 황량한 몬태나주
산악 지대에 사는 아버지와 세 아들. 그들 삶에 끼어든
한 여자의 뭉클한 인생 이야기가 격랑처럼 펼쳐진다. 이
영화가 개봉한 건, 아이를 낳은 지 얼마 되지 않았을 때
다. 워낙 좋아하는 풍의 영화인데다 산모의 우울함이 더
해졌나, 보는 내내 묘하게 감정이 출렁거렸다. 눈물 콧
물 다 뺀 뒤에 내가 한 결심은 엉뚱하기 그지없었다.

'이왕 자식을 낳으려면 아들 셋은 있어야겠구나.'

침착한 큰아들, 자유분방한 둘째 아들(브래드 피트
닷!), 귀여운 셋째 아들. 그렇게 삼 형제쯤 되어야, 홀로
태어난 인간이 든든한 일가를 이룰 수 있겠구나 싶었다.

영화를 볼 때만 잠시 감상에 빠졌을 뿐, 나는 당연히 그렇게 하지 못했다. 임산부로 겪은 고행은 평생 한 번이면 충분했다. 어떻게 그걸 까먹고 다시 반복한단 말인가.

7개월간 갓난아기를 키우면서 내가 어떤 유형의 사람인지 확실히 알았다. 하루하루 자라는 아기와 나누는 교감은 기적 같은 일이었다. 하지만 아기 엄마로서만 만족하고 살 수는 없었다. 막상 돌도 안 된 아기를 떼어 놓고 사회로 나가 보니, 일하는 아기 엄마로 사는 건 더 만만치 않았다. 인생에서 가장 마음 시달리고 몸이 고달팠던 시절이다.

그럼에도 불구하고 누군가 묻는다면?

"만약 다시 선택할 수 있다면, 그래도 아이를 낳겠습니까?"

백번 물어봐도 백번 다 주저하지 않고 '낳는다'고 대답하겠다. 한 생명체를 낳고 키운다는 건 신의 축복이다. 인간이 살면서 경험할 수 있는 최고의 기쁨이자 행복이라 하겠다. 사실 아이는 태어나는 순간, 이미 그런 존재감을 부모에게 선사한다. 건강하게 세상에 태어나 준 그 자체로 자식의 소명을 다한 것이다. 그런 초심이 금세 잊히고 만다는 게 신의 저주랄까. 게임할 때 던지는 동전의 앞뒷면처럼, 자식은 부모에게 끊임없이 천국과 지옥을 선사한다.

왜 축복이 저주로 변할까. 부모는 '사랑'이라는 명목으로 아이한테 바라는 것이 점점 많아진다. 특히 배 속에서 나온 아이와 일체감을 느끼며 왜곡된 소유욕과 집착에 휩싸이는 순간, 곧 불행이 시작된다. '대한민국에서 가장 아픈 사람들의 이야기'라는 부제가 달린 〈대한민국 부모〉는 자식한테 목매며 사는 부모들에게 일침을 가한다. 부모 먼저 아이에게서 독립하고, 부모가 먼저 진정한 어른이 되어야 한다고 말한다.

"자녀는 독립된 인격체라는 말을 아무리 되뇌어도 부모 스스로 독립된 인격체가 아니면 아이의 독립은 불가능하다. 아이가 부모의 유일한 심리적 관심사가 되어서는 안 된다. 부모 스스로 자기 삶을 어떻게 채워나갈 것인지 자기만의 삶에 대해 고민하라. 속이 빈, 공허한 부모가 아이들에게 전해 줄 가치가 무엇이겠는가? 부모는 아이 말고도 자기만의 고유한 삶이 있다는 것을 아이에게 알려 주어야 한다."

자식에 관한 고민은 인생 최고의 난제다. "나는 아니야"라고 함부로 장담할 수 없는 번뇌다. 똑똑하고 잘난 엄마들이라고 이 문제에서 자유로울 수는 없다. 오죽하면 교육계의 터줏대감인 어느 교장 선생님의 쓰디 쓴 고백 〈엄마 반성문〉이 나왔겠는가. 남들에겐 매서운 독설을 날리지만 엄마 노릇만큼은 참 힘들다고 말한 유명 강사의 〈엄마의 자존감 공부〉가 그 증거다. 나 역시도 한때, 하나뿐인 아들 교육에 '올인'해야 하는 게 아닐까 불안했던 시기가 있었음을 고백한다.

다행히도 '삼박자'가 맞아떨어져서, 그 시기는 짧게 끝났다. 아이가 학교 공부에 그다지 뜻이 없었다. 부모한테 얌전히 순종하는 타입도 아니었다. 게다가 책을 많이 읽은 편집자 엄마는 생각이 많았고 모질지 못했다. 초등학교 4학년 이후, 아이를 동등한 인격체로 대하며 본인이 선택하는 결정을 존중하기로 약속했다.

막상 손가락 걸고 약속은 했지만 굉장히 어려운 실천이었다. 느려 터진 아이를 볼 때마다 빨리 하라고 채근하고 싶었다. 만화책만 들여다보는 아이의 뒤통수를 한 대 갈기면 속이 다 시원할 듯했다. 학교를 안 가겠다고 억지를 부릴 때는 소리를 지르고 싶었다. 아이를 잘 키우고 싶은 부모로서 화, 분노, 조급함, 두려움 같은 부정적인 마음들이 시시때때로 차올랐다. 내가 지금 부모로서 잘하고 있는 것인지 종종 헷갈렸다.

그럴 때 우연히 찾아낸 신의 한 수처럼, 내 마음을 다독여주는 글을 만났다. 평소 좋아하던 박노해 시인이 쓴 '부모로서 해줄 단 세 가지'란 시였다.

부모로서 해줄 단 세 가지

무기 감옥에서 살아나올 때
이번 생에는 아이를 낳지 않겠다고 결심했다
내가 혁명가로서 철저하고 강해서가 아니라
한 인간으로서 허약하고 결함이 많아서이다

하지만 기나긴 감옥 독방에서
나는 너무 아이를 갖고 싶어서
수많은 상상과 계획을 세우곤 했다

나는 내 아이에게 일체의 요구와
그 어떤 교육도 하지 않기로 했다
미래에서 온 내 아이 안에는 이미
그 모든 씨앗들이 심겨져 있을 것이기에

내가 부모로서 해줄 것은 단 세 가지였다

첫째는 내 아이가 자연의 대지를 딛고
동물들과 마음껏 뛰놀고 맘껏 잠자고 맘껏 해보며
그 속에서 고유한 자기 개성을 찾아갈 수 있도록
자유로운 공기 속에 놓아두는 일이다

둘째는 '안 되는 건 안 된다'를 새겨주는 일이다
살생을 해서는 안 되고
약자를 괴롭혀서는 안 되고
물자를 낭비해서는 안 되고
거짓에 침묵동조해서는 안 된다
안 되는 건 안 된다!는 것을
뼛속 깊이 새겨주는 일이다

셋째는 평생 가는 좋은 습관을 물려주는 일이다
자기 앞가림은 자기 스스로 해나가는 습관과
채식 위주로 뭐든 잘 먹고 많이 걷는 몸생활과
늘 정돈된 몸가짐으로 예의를 지키는 습관과
아름다움을 가려보고 감동할 줄 아는 능력과
책을 읽고 일기를 쓰고 홀로 고요히 머무는 습관과
우애와 환대로 많이 웃는 습관을 물려주는 일이다

그러니 내 아이를 위해서 내가 해야 할 유일한 것은
내가 먼저 잘 사는 것, 내 삶을 똑바로 사는 것이었다
유일한 자신의 삶조차 자기답게 살아가지 못한 자가
미래에서 온 아이의 삶을 함부로 손대려 하는 건
결코 해서는 안 될 월권행위이기에
나는 아이에게 좋은 부모가 되고자 안달하기보다

먼저 한 사람의 좋은 벗이 되고

닮고 싶은 인생의 선배가 되고

행여 내가 후진 존재가 되지 않도록

아이에게 끊임없이 배워가는 것이었다

그리하여 나는 그저 내 아이를

'믿음의 침묵'으로 지켜보면서

이 지구별 위를 잠시 동행하는 것이었다

시를 한 구절 한 구절 마음에 새기듯 타이핑해서 석장을 프린트했다. 매일 밥을 먹는 식탁 유리 밑에, 설거지 하는 싱크대 위에, 그리고 아침마다 보는 화장대 거울에 붙여 놓았다. 잔소리를 하고 싶을 때마다 꾹 참고 대신 이 시를 소리 내어 읽었다.

아이를 탓하지 말고, 이래라 저래라 강요하지 말자. 믿음의 침묵으로 지켜보자. 대신 나나 잘 살자.

자식한테 목매지 말고, 독립적인 한 인간으로서 잘 사는 엄마 모습을 보여 주는 것이 가장 좋은 교육이라고 생각을 바꿨다. 엄마가 행복하지 않은데, 어떻게 아이가 행복하게 자라기를 바랄 것인가. 비행기가 추락할 때, 부모가 먼저 산소마스크를 써야 한다. 아이를 위한답시고 자기 몸도 가누지 못하면서 아이한테 씌우려고 하면 둘 다 위험해진다.

아이한테 가졌던 미안함이나 죄책감 따위는 개한테 줘버렸다. 대신 즐겁게 회사에 출근하고 열심히 일에 몰두했다. 아이더러 책을 읽으라고 강요하지 않았다. 시간이 날 때마다 내가 먼저 책 속으로 빠져들었다. 비싼 옷이나 신발은 사 주지 않았다. 좋은 영화, 전시회, 뮤지컬을 볼 때는 돈을 아끼지 않았다. 사회의 약자들을 어떻게 존중해야 하는지 몸소 보여 주었다.

철인3종 대회에 나갈 때마다 가능하면 아이를 동행하거나 자원봉사를 시켰다. 엄마가 시커면 남자들 틈에서 기죽지 않고 끝까지 완주하는 모습을 보면서, 아이 맘속엔 일종의 존경심이 생긴 것 같다. 그렇게 민감했던 시기를 잘 넘겼고, 우리 사이엔 서로에 대한 신뢰가 싹텄다.

<가을의 전설>에 나오는 세 아들은 성장하고 나자 스스로 제 앞길을 결정한다. 아버지가 위험하다고 말렸지만 셋 다 전쟁터로 달려 나갔다. 하나는 부상을 당한 채로, 또 하나는 죽은 채로 돌아왔다. 아들들이 각자 집을 나가고 다시 돌아올 때마다, 아버지 러드로우 소령은 더 이상 말리지 않는다. 갈 때는 그저 묵묵히 보내주고, 돌아오면 따뜻하게 맞아줄 뿐이다. 부모가 할 일은 그런

것이다.

　다만 바람이 있다면, 이런 엄마가 되고 싶다. 천명관의 〈고령화 가족〉에 나오는 엄마. 좀 모자라는 자식들도 내치지 않고 작은 품으로 다 껴안아 주는 엄마. 탈출구가 보이지 않는 회생불능의 상황에 처한 자식에게 "닭죽 쑤어놨는데 먹으러 올래?"라고 무심한 듯 물어보며 구원의 손길을 내미는 엄마. 자식한테 목매는 것이 아니라, 자식이 목맬 상황에 빠졌을 때 강력한 텔레파시로 알아채는 엄마. 세상 모든 사람이 다 등을 돌리거나 돌을 던져도, 끝까지 자식을 끌어안고 같이 돌을 맞아 주는 단 한 사람. 그런 엄마가 되고 싶다.

아이가 공부를 잘하면 왜 좋을까?

"엄마, 아빠. 저, 학교 그만두고 싶어요."

저녁을 먹고 난 뒤 식탁에 앉아 과일을 먹고 있었다. 가슴이 덜컥 내려앉았다. 반은 예상했고, 반은 예상하지 못한 선언이었다. 부모한테 돌직구를 던져 놓고도 아들의 얼굴은 태연자약했다.

초등학교 때는 수학 올림피아드에 나갈 정도로 학업을 잘 따라가는 아이였다. 1, 2등을 다툴 만큼 공부 욕심이 많지는 않았지만 모든 분야를 골고루 잘했다. 6년간 받아 온 상을 펼쳐 놓고 점수를 내 봤다. 졸업식 때 우등상을 받고도 남았다.

중학교에 들어가면서부터 성적이 떨어지기 시작했다. 친했던 친구들이 뿔뿔이 다른 학교로 흩어졌다. 반

아이들 대부분이 동네에 있는 같은 초등학교 출신이라고 했다. 혼자만 낯선 별에 뚝 떨어진 셈이니 적응하기 힘들었던 걸까. 밖으로는 전혀 그런 속내를 표현하지 않아 몰랐다. 할머니와 친구가 사라지고, 형제조차 없는 사춘기 아이의 고독을 알아챘어야 했다. 어릴 때부터 말수는 적은 편이지만 강한 아이라고 여겼다. 스스로 알아서 잘 하겠거니 방심했다.

아들은 취향이 독특하고 확고한 편이었다. 대부분의 남자 아이들이 좋아하는 걸 그룹 노래는 듣지 않았다. 대신 미야자키 하야오의 애니메이션 음악 같은, 나는 알아듣지도 못할 일본 노래만 아이팟에 가득했다. 셋이서 도쿄 여행을 갔을 때, 다른 공간에서는 시큰둥한 얼굴이었다. 아키하바라만은 나흘 내내 가겠다고 졸랐다.

어느 여름방학에는 특성화 고등학교에서 열린 애니메이션 실습 과정에 참여했다. 2주일간 그 먼 데까지 버스를 타고 군소리 없이 다녔다. 짧은 작품을 만들었다며 슬그머니 보여 주기도 했다. 중학생 때부터 덕후 기질이 차고 넘쳤던 것이다.

그럼에도 불구하고, 아들이 공부를 해서 대학에 갈 거라고 '다분히' 생각했다. 고등학생이 된 아들의 성적은 만족스럽지 않았다. 늦게라도 철이 들면 공부한다고 파고들지 않을까? 언젠가는 실력을 발휘할 거라고 '막연히' 믿었다. 만화나 애니메이션에 대한 관심은 공부 스트레스를 푸는 취미 활동이려니 '진부하게' 넘겼다. 인문계 고등학교를 다니다가 2학년 중반이 넘어서야 '갑자기' 학교를 그만두겠다고 할 줄은 '미처' 몰랐다.

갑자기? 미처 몰랐다고? 아니, 다 알면서도 의뭉스럽게 모르는 척했는지도 모른다. 초등학교 때부터 이미 아이는 만화가의 싹을 보였다. 중학생이 되어 3년 내내 선택한 특별 활동은 만화 캐릭터 반이었다. 그 싹을 냉큼 자를 생각은 없었다. 다만 내 머릿속에 담긴 이미지가 문제였다. '공부를 잘하는 비상한 만화가'였던 것이다.

'지금은 공부를 못하는 게 아니라 안 하는 거야.'

'조만간 공부만 시작해 봐. 모의고사 성적이 쑥쑥 올라갈 거야.'

'전공을 안 해도 얼마든지 만화가가 될 수 있잖아?'

우등생으로 자란 엄마가 가질 법한 '착각 콤보 세트'를 신줏단지처럼 모셨던 거다. 그런데 하나밖에 없는 아들이 자퇴를 선언하면서, 그 단지를 홀라당 깨 버린 셈이다.

왜 공부의 미련에서 벗어나지 못한 걸까. 왜 아이가 공부를 잘하길 바랐던 걸까. 아이가 공부를 잘하면 도대체 뭐가 좋은 걸까. 공지영 작가의 〈즐거운 나의 집〉을 읽다가, 나도 몰랐던 무의식을 들킨 것처럼 얼굴이 화끈거렸다.

"첨에는 너희 우등생 아닌 거 화났어. 어이가 없었고 화가 났지. 하지만 나 자신에게 물어보았어. 아이들이 공부 잘하면 왜 좋니? 하, 그거야 당연히 그러면 너희가 성공하고 너희가 별로 돈 걱정 안 할 확률도 높고, 살기도 편하고…. 그랬지. 그런데 다시 물었어. 정말 그 이유가 다일까? 묻고 또 물었더니 맨 마지막에 말이야 어이없게도, 너희가 공부를 잘하면 내가 좋을 거 같았어. 너희가 아니라 내가 말이야."

아이가 공부를 잘해야 좋은 대학을 가고, 좋은 대학을 나와야 좋은 직장을 얻고, 좋은 직장을 다녀야 돈 걱정을 안 하고 살 거라는 고정관념. 자식이 돈을 많이 벌고 잘살아야, 만약 부모가 늙고 병들었을 때 잘 보살펴 줄 거라는 착각. 부모들이 가진 '만약'에 아이의 꿈이나 기쁨, 그리고 행복은 몇 퍼센트나 차지할까. 우리 부모님 세대나 지닐 법한 케케묵은 등식을, 나 역시 자식의 미래를 위한답시고 무의식 속에서 정당화해 온 것은 아닌가? 소설 속 위녕의 엄마처럼 내 자신에게 묻고, 묻고 또 물었다.

결론부터 얘기하자면, 아들은 학교를 그만두지 않았다. 그때 자퇴를 원한 건 인문계 고등학교를 계속 다니는 게 시간 낭비라고 판단한 듯싶다. 교양 시민을 길러내야 할 고등학교 교육은 이미 오래 전부터 대학을 가기 위한 전 단계로 전락해 버렸다. 2학년이 되자마자 모두 교실에 남아 강제로 밤 10시까지 야간 자율 학습을 해야만 했다. 본인에게는 별 영양가 없는 공부에 시간을 쏟느니, 차라리 그림을 그리는 데 집중하고 싶다는 거였다.

대학을 가든 말든, 그건 다음에 생각할 일이었다. 당장은 아들의 마음을 돌리는 게 급선무였다. 검정고시를 보면 되겠지만, 사람 일이란 모르는 거다. 나중에 가고자 하는 길에 발목을 잡힐 수도 있다. 이왕 2학년이 되었으니 학교에 적을 유지하는 것이 고등학교 졸업장을 따는 쉬운 길이었다. 아들의 의견을 충분히 경청하고 의견을 조율했다.

"아직 늦지 않았으니까(꽤 늦었다) 그림을 시작해 봐. 담임 선생님께 야간 자습을 빼 달라고 잘 말씀드리고.(황당해 하실 거다) 수업 끝나면 미술 학원에 가서 네가 하고 싶은 걸 배우면 되잖아?(학원도 알아 봐라) 대신 고등학교는 일단 졸업하는 걸로!"

그렇게 해서 아들은 어느 날 갑자기, 아니 참으로 일

관되게, 수능 공부가 아닌 '그림 공부'에 발을 담갔다. 스스로 빠져나왔든 튕겨져 나왔든, 대다수 고등학생이 달리는 트랙에서 벗어났다. 인생이 100세까지 길어졌는데, 하고 싶은 게 있으면 다 해 보렴. 이것도 공부니 막을 이유가 없었다.

매일 같은 자리에서 기다릴게

초등학교 6학년 겨울방학 때였다. 공부를 잘하는 아이
들한테는 엄청 중요한 시기라고 했다. '예비 중학생'이라
는 타이틀을 달고 미리 중학교 교과 과정을 선행해야 한
단다. 그때 아들도 같은 반 친구들처럼 강북에 있는 유
명 학원가로 공부를 하러 다녔다.

방학인데도 매일 나가서 밤늦게 돌아왔다. 아파트
앞까지 큰 대형 버스가 와서 아이를 실어가고, 그 자리
에 내려놨다. 지켜보는 마음은 안쓰러웠지만 애써 모르
는 척했다. 좋은 대학에 가려면 당연히 이 정도 시간은
투자해야지. 나중에 편하려면 지금 좀 힘들어도 참아야
해. 다른 아이들도 다 하는데, 우리 애라고 못 견디겠나.

어리석은 엄마였다. 미래를 위해서라면 현재를 무

시해도 된다는 끔찍한 오류에 빠져 있었다. 큰길을 향해 한 방향으로 뛰어가는 대열을 뒤쫓아 가는 게 당연하다고 여겼다. 아이가 돌아오면 그저 대견하다는 얼굴로 맛있는 간식이나 챙겨 주는 게 엄마의 역할이라고 믿었다.

3주쯤 지났나, 그날은 마침 부부가 둘 다 일찍 귀가했다. 특별히 할 일도 없고 해서 차를 갖고 아이를 마중가기로 했다. 학원 앞은 명절 고속도로 같았다. 어디가 처음이고 끝인지 알 수 없는 대형 버스의 행렬. 버스 창문에는 하나같이 커다란 플래카드가 걸려 있었다.

"중학교 첫 시험이 인생을 갈라놓는다!"

"빡센 학원, 견디지 못하는 학생은 사절!"

아이들은 버스에 타서 잠시 쉬는 시간에도 밖을 내다보지 못했다. 플래카드 구호의 감옥에 갇히는 셈이었다. 그 동네 모든 학원이 비슷한 시간에 끝나는 것 같았다. 삑삑대는 호루라기 소리. 빨간 경광봉을 흔드는 사람들. 학원 입구에서 우르르 몰려나오는 아이들. 자기가 탈 버스를 찾아 부지런히 움직이는 작은 개미떼들!

넋을 쏙 빼놓고 있다가, 아들이 학원 입구에서 나오는 걸 발견했다. 조그만 녀석이 등이 구부러질 만큼 무거운 가방을 멘 채 버스를 타러 허겁지겁 뛰어가는 거였다. 간신히 아들을 불러서 차에 태우고 물었다. 왜 그렇게 급히 뛰어가는 거냐고. 자기가 타야 할 버스는 가장 먼 지역까지 돌기 때문에 맨 앞쪽에 서 있단다. 달려가서 제 시간에 타지 않으면 버스를 놓친다고 했다. 매일 밤 마다 이런 지옥을 오갔단 말인가. 열세 살짜리 예비 중학생이 견디기엔 가혹한 일과였다. 이렇게 하는 공부가 좋을 리도, 잘될 리도 없었다.

아들은 부모의 동의하에 '빡센 학원'을 사절했다. 대신 중학교 2학년이 되도록 취미로 피아노를 배웠다. 선생님 집에서 작은 연주회가 열렸다. 피아노 앞에 앉아 현란하게 손가락을 움직이며 '베토벤'을 연주하던 녀석 의 얼굴은 제법 평화롭고 우아해 보였다.

세월이 흘러 고등학교 2학년 가을. 아들은 다시 학원에 다니기 시작했다. 이번엔 스스로 택한 미술 학원이었다. 학교 수업이 끝나면 바로 나와서 버스와 지하철을 갈아타고 1시간 넘게 가야 했다. 저녁은 학원 근처에서 간단히 해결하고 10시까지 그림을 그렸다. 그림 도구를 정리하고 부지런히 집에 돌아와도 거의 12시 가까운 시각이었다.

남편과 나는 번갈아 가면서 마중을 나가기로 했다. 차를 세워 놓고 기다리기 좋은 한적한 지하철역이 만남의 장소였다. 고단한 일과를 마친 아이가 집에 와서 조금이라도 쉴 틈이 생길 터였다. 그것이 부모로서 아들한테 해줄 수 있는 유일한 지지이자 도움이었다.

혼자 나가는 때보다 부부가 함께 기다리는 날이 많았다. 그 시간만큼은 부부라기보다, 같은 목적으로 애타는 대상을 기다리는 끈끈한 동지였다. 병원에 입원한 어린 아들을 간호할 때와 비슷했다. 기대한 것과 다른 길로 가는 아들을 말없이 지켜보며 뻣뻣하게 굴던 남편이 달라지기 시작했다. 기다리는 과정을 통해 절로 인격 수양이 된 것 같았다.

김민섭 작가가 쓴 〈대리사회〉를 읽다 보면 애틋한 장면이 나온다. 대학 강사로 일하다 생계를 위해 대리 운전에 뛰어들었다. 콜을 받고 멀리까지 가는 건 괜찮은데 한밤중에 집으로 돌아오기가 영 어려웠다. 할 수 없이 아내가 두 돌짜리 아이를 재워 놓고 차로 남편을 태우러 간다. 두고 온 아이가 깰까 봐 함께 걱정하고, 어디선가 콜이 오기를 함께 기다린다.

"그래도 아내가 나오면 함께 있는 시간이 생겨 좋았다. 번화가에 차를 세워두고 30분을, 1시간을, 그렇게 둘이서 기약 없이 앉아 있자면 자연스럽게 대화를 하게 된다. 집에서는 하지 않았을, 그러니까 어떤 음악을 좋아한다거나, 오늘은 달이 참 밝다거나, 밀가루 떡볶이를 좋아한다거나, 그런 아무 의미 없는 이야기를 주고받는 것이다."

우리도 차 안에서 그랬다. 나란히 앉아 그동안 살면서 놓쳤던 대화를 주고받았다. 라디오에서 흘러나오는 음악을 가만히 듣는 것도 좋았다. 고단한 하루 일과를 마치고 지하철역을 오가는 사람들을 구경하는 일도 물리지 않았다. 왜? 사랑하는 우리 아들을 기다리고 있으니까. "너를 기다리는 동안 다가오는 모든 발자국은 내 가슴에 쿵쿵거린다"고 황지우 시인이 쓴 것처럼.

늘 비슷한 시간에 지하철 한 대가 지나가고 나면, 곧 계단을 타닥타닥 뛰어내려 오는 아들 녀석이 보였다. 매일 보는 얼굴인데도 이렇게 반가울 수가 있나. 손을 잡고 토닥토닥 두드려 주었다. 미처 씻지 못하고 나온 녀석의 새끼손가락 밑은 까만 채로 반들반들 빛났다. 공부하는 것만큼 '빡센 학원'을 이번엔 '사절'도 하지 않고 끈기 있게 다녔다. 결석하는 일도 없었다. 그렇게 1년 하루하루가 후딱 흘러갔다.

선생님, 우리 애 좀 만나 주세요

대학교 가는 걸 너무 쉽게 여겼나? 아니, 애당초 미술 학원 말만 듣고 정시에 집중한 게 잘못인가? 1년 넘게 성실히 미술 학원을 다녔는데도 대학에 갈 실력이 못 되는 건지? '만화 애니메이션' 학과의 장벽이 그렇게 높은 거야? 그림 실력은 되는데, 수능이나 학교 성적이 전혀 못 미치는 걸까?

정시 원서를 넣고 실기 시험을 치른 세 대학을 다 떨어졌다. 아무리 머리를 굴려 봐도 왜 떨어진 건지 이유를 알 수 없었다. 누가 속 시원하게 얘기해 주면 좋으련만. 한 가지 사실은 분명했다. 그림 실력이든 수능 성적이든, 남보다 탁월하다면 뽑혔겠지. 우리 아들은 둘 다 그저 그렇다는 걸 인정하는 수밖에 없었다. 그래도 3년제 전문대는 되겠거니 막연히 기다렸다. 거기마저도 떨어졌다는 통보를 받았다. 하… 세상 물정 모르는 바보가 썩은 동아줄만 믿고 매달렸다가 밑으로 뚝 떨어진 느낌이었다.

부모인 우리보다 더 충격을 받은 건 아들이었다. 본인도 대학에 못 간다는 생각은 해 본 적이 없었나 보다. 전문대까지 떨어지고 나니, 실력에 대한 자존감이 바닥을 쳤다. 2월이 지나고 3월이 다 흘러가는데도 방에만 틀어박혀 지냈다. 가끔은 소리 없이 눈물을 찔찔 짜는 것 같았다. 인생을 살면서 처음 맞는 실패니 소심해졌겠지. 어딘가에 속하지 못한다는 게 불안할 거고. 어쩌면 다시 1년간 반복해야 하는 고생이 겁나기도 할 터였다.

가족 모두가 괴롭고 답답한 심정이었다. 이런 실패쯤은 아무것도 아니라는 위로는 별 소용이 없었다. 그까짓 대학, 안 가도 괜찮다고 했지만 피부에 와 닿는 것 같지 않았다. 그렇다고 스스로 마음을 다잡고 새롭게 시작해 볼 엄두도 내지 못했다. 자식의 고통을 맞닥뜨리고 나니 막막하기 그지없었다. 어떻게 슬픔의 도가니에서 아들을 빼내야 할지 방법을 몰랐다. 그냥 시간이 흐르는 대로 기다려야 하는 건가.

문득 이런 생각이 들었다. 만약 우울증 같은 거라면

전문가에게 맡겨야 하는 게 아닐까. 영화라도 보러 가자고 권하는 것처럼 가볍게 의사를 타진했다.

"혹시 정신건강의학과 선생님 한번 만나 볼래?"

잠시 생각해 보겠다던 아들은 뜻밖에도 순순히 그러겠다고 대답했다. 본인도 뭔가 돌파구를 못 찾아서 답답했던 모양이다. 여기저기 수소문하면 소개를 받을 수 있겠지만, 무슨 큰일 난 것처럼 굴기 싫었다. 관련 분야에 대해 여러 권의 책을 쓴 저자 선생님이 떠올랐다. 직접 만난 적은 없지만, SNS를 통해 관심사를 주고받는 사이였다. 막무가내로 '우리 아이 좀 만나 달라'고 쪽지를 보냈다. 얼른 예약하고 상담 오라는 답장을 받았다.

혼자 들어가서 한 30분 정도 선생님과 얘기를 나눈 것 같았다. 진료실에서 나온 아들의 얼굴은 한결 밝아 보였다. 어떤 대화가 오갔는지는 정확히 모르겠다. 나중에 대충 전해들은 바로는, 해 볼 수 있는 다양한 옵션들을 조언해 주셨다고 한다. 꼭 그림을 그려 대학에 가는 한길만 있는 게 아니라고. 선생님은 엄마인 내게도 무심히 말했다.

"걱정 안 해도 되겠어요. 부모한테 사랑을 많이 받고 자란 애 같은데요, 뭘."

그 한마디에 얼마나 위로가 되던지! 담임한테 칭찬받은 1학년짜리가 된 기분이었다. 이래서 때로는 전문가의 도움을 받아야 하는구나.

그 뒤 아들은 시골집에 내려갔다. 2주쯤 할머니 밥을 얻어먹고 기운을 차렸다. 할머니를 따라 절에서 가는 성지순례를 다녀왔다고 사진을 보내왔다. 집으로 돌아와서는 일본어를 배우러 다녔다. 학교에서도 제2외국어로 배운 일본어 성적만은 1등급이었다. 혹시 저러다 일본으로 유학 간다고 하면 어쩌나. 남편과 나는 아들 몰래 은행 잔고를 살피며 김칫국부터 마셨다.

이 기간에 우리 모자는 모처럼 여유를 갖고 신나게 회포를 풀었다. 미뤄 두었던 데이트를 실컷 했다. 영화를 보고, 미술관을 찾고, 뮤지컬을 관람했다. 취향은 달라도 문화를 받아들이는 진정성은 비슷했다. 아들과 같은 작품을 보고 얘기를 나누는 게 즐거웠다. 지금까지도 이때 함께 본 영화 세 편이 떠오른다.

〈파이 이야기〉는 얀 마텔이 쓴 책을 읽는 게 훨씬 재미있다. 그래도 〈브로크백 마운틴〉이나 〈와호장룡〉을 만든 이안 감독의 영화가 아닌가. 난파를 당해 호랑이 한 마리와 함께 작은 배에 남겨진 소년 파이가 고군분투하는 장면은 웃기도록 눈물겨웠다.

"저것 봐. 사람은 살다 보면 누구나 죽고 싶을 만큼 힘든 일이 생겨. 너도 얼마 전에 그랬잖아. 그럴 때마다 망망대해에 호랑이와 함께 떨어진 '파이'를 꼭 떠올려. 삶이라는 건, 저런 상황에서도 견뎌 내고 이어갈 만한 가치가 있는 거야."

전 국민을 열광시켰던 〈레미제라블〉도 함께 보았다. 팡띤느가 'I dreamed a dream'을 부를 땐, 아들도 나도 눈물을 찔끔댈 수밖에 없었다. 마치 우리더러 들으라는 듯, 가사가 가슴에 콕콕 와 박혔기 때문이다.

"어릴 땐 모든 것이 축복 같고 미래가 밝을 거라 꿈꾸지만, 나이 들어보니 신은 잔혹하고, 세상은 만만치 않네."

영화 〈범죄소년〉을 볼 때는 세 식구가 쉬는 한숨이 백번쯤 나왔다. 열일곱 살에 임신을 하고 애를 낳은 뒤 가출해 버린 철없는 엄마. 그 후 외할아버지 밑에서 자란 중학교 2학년짜리 소년의 이야기다. 우여곡절 끝에 소년원에 들어간 아이와 엄마가 다시 만났다. 그래 봤자 둘이 맘 편히 누울 한 평 공간조차 없는 처지. 소년원에서 근근이 세 끼를 챙겨먹는 소년의 얼굴이 가장 편안해 보일 지경이었다.

그 영화를 보고 나더니 아들의 태도가 달라졌다. 부모가 옆에서 든든히 지키고 있는 자기 처지가 상대적으로 좋아 보였다. 한동안 말끝마다 '대학에 떨어진 주제에'라고 자조하던 말버릇이 싹 사라졌다. 다분히 의도를 갖고 고른 영화들이었다.

아들이 관심을 가진 분야에 대해 우리는 잘 몰랐다. 모르는 부모가 던지는 말은 그다지 현실성이 없음을 인정했다. 대학에 꼭 가야 하는지, 가지 않으면 다른 길은 없는지, 쓸모 있는 조언을 해 줄 수가 없었다. 내가 모를 땐 주변의 전문가에게 도움을 요청하는 것이 맞다.

책을 만들면서 인연을 맺은 일러스트레이터가 떠올랐다. 전공을 하지 않고도 그림을 그리고 살아서 멋지다고 생각했다. 또 한 회사에서 만난 후배는 그야말로 대학에서 만화를 전공했다. 그런데 직접 자기가 그리는 것보다 만화책 편집자로 일하는 게 좋다고 했다. 두 사람에게 고개를 조아리며 부탁했다. 맛있는 식사를 대접할 테니 우리 아들 좀 만나 달라고.

두 사람은 자기가 살아온 경험에 빗대어 이런저런 조언들을 해 주었다. 같은 흥미를 가진 선배들의 질문에 아들은 신나게 응대했다. 드디어 제대로 된 캐치볼 상대를 만난 것 같았다. 눈을 빛내고 연신 고개를 주억거리며 이야기를 들었다. 얼마 후 아들은 다시 미술 학원에 다니고 싶다는 의사를 밝혔다. 아예 대학에 가 보지도 않고 그만두면 후회할 것 같다고 했다.

재수생의 길은 말도 못하게 험난했다. 아침부터 오

후까지는 미대생을 위한 재수 학원에서 공부. 오후부터 밤까지는 미술 학원에서 그림을 그려야 하는 시스템이었다. 딱 2주간 재수 학원을 다녀 본 녀석은 '너무 비인간적이라서' 도저히 다닐 수 없다고 했다. 아무와도 말을 섞지 않은 채 혼자 책상에 앉아 공부하고, 혼자 밥을 먹는단다. 감옥보다도 못했다. 나라면 단 하루조차 못 견딜 일이었다. 하긴 시간 낭비라고 학교도 그만두겠다던 아이한테 재수 학원이 웬 말인가.

재수를 한다고, 부모가 특별히 더 해 준 일은 없다. 그저 주말 아침이면 조금 더 자라고 학원까지 태워다 준 것뿐이다. 집을 나선 김에 남편과 나는 브런치를 사 먹었다. 셋이 먹으면 좋았을 텐데 아쉬워하면서. 낮에는 각자 회사에서 열심히 일하고, 밤에는 다시 지하철역으로 즐겁게 마중을 나갔다.

살얼음판을 걷는 것처럼 가족 모두 신경이 곤두선다는 그 기간. 우리는 더할 수 없이 서로를 믿고 의지하는 가족애를 끈끈하게 다져 나갔다. 공동의 적을 앞에 두고 국적이 다른 세 병사가 똘똘 뭉친 것 같았다. 또다시 겪으라면 아들이 가여워서 고개를 내젓겠지만, 뒤돌아보니 나쁘지 않은 경험이었다. 남편은 그제야 진정 아빠가 되었고, 엄마는 모성애가 깊어졌다. 아들 또한 가족의 고마움이 뭔지 알았으니까.

머리를 기르고, 귀를 뚫고, 전갈을 새기고

재수를 하면서 아들은 머리를 기르기 시작했다. 전혀 예상치 못한 일이다. 외모에 그다지 신경 쓰는 타입이 아니었기 때문이다. 그래서 기르는 건가? 정기적으로 미용실에 갈 일이 없어 편하다고 했다. 남자 고등학교의 빡빡한 규율에서 벗어났으니 아무도 뭐랄 사람이 없었다. 하긴 나 같은 범생이도 졸업식을 하자마자 빠글빠글 머리를 볶으러 달려가지 않았나.

짧았던 머리는 차츰 단발이 되었다. 착해 보이는 인상이 더 부드러워졌다. 어릴 때 만화책에 등장하는 머리 긴 남자들이 좋았기에, 마음껏 길러 보라고 부추겼다. 어깨까지 늘어진 머리를 어느 날부터는 단정하게 묶고 다녔다. 그림을 그리는 아이라 훨씬 개성 있게 보였다. 남편도 인생에 딱 한 번, 머리를 치렁치렁 기른 적이 있다. 본격적으로 운동을 하면서 싹 잘라 버리는 바람에 아쉬울 정도였다.

미술 학원은 번화한 홍익대 근처에 있었다. 오가면서 사람 구경을 할 수밖에 없었다. 안 그래도 현기증이 날 만큼 붐비고 자유로운 공간이 아닌가. 매일 그곳으로 가는 지하철을 타면서도, 정작 아들의 몸과 마음은 학원 안에 갇힌 셈이었다. 얼마나 답답하고 힘들었을까. 어느 날 자기 나름대로 해소할 방법을 찾은 듯했다. 귀 양쪽을 뚫고 왔다. 한쪽이 덧나서 약을 사다 바르느라 고생하는 눈치였다.

"오! 예쁜데! 근데 눈썹이나 혀 같은 데는 안 뚫을 거지?"

부모가 말린다고, 하고 싶은데 안 할까. 결혼하고 나서 1년이 지난 뒤에야 나도 귀를 뚫었다. 별 거 아닌 행위였지만 내 신체를 내 맘대로 하는 어른이 된 것처럼 뿌듯했다. 김영하 작가는 젊었을 무렵 눈에 띄는 귀찌를 하고 다닌 적이 있다. 내 기억엔 머리를 은발로 물들이기도 했다. 남성 소설가의 외모로선 일종의 파격이었다. 그가 쓰는 소설이 도전적이고 구태의연하지 않았기에 파격은 오히려 매력을 더했다. 아들 또한 머리를 기르고 피어싱을 한 효과가 그림에도 나타나길 기대했다.

여름이 막바지에 이르렀다. 날씨가 더우면 불쾌지수가 치솟고 스트레스는 기승을 부린다. 재수생의 여름은 어떻겠는가. 집에 오면 아래위 할 것 없이 홀떡 벗어 던지는 녀석이 하루는 이상하게 굴었다. 그 더운 날, 긴 소매 셔츠를 꺼내 입은 거다. 눈치 빠른 엄마가 그냥 넘어갈 리 있나. 추궁을 했더니, 어깨 옆에 시커먼 전갈 한 마리가 떡하니 자리를 잡은 게 아닌가! 처음엔 판박이 같은 헤나인 줄 알았다. 그런데 문신, 아니 요즘말로 '타투'였다.

엄마의 첫 반응이 궁금한가?

"허! 멋있는데!"

두 번째 반응은 이랬다.

"엄마한테 귀띔 좀 해 주지. 나도 하고 싶었는데."

재수생도 사람인데, 이렇게라도 스트레스를 풀어 다행이다 싶었다. 차라리 힘들어 죽겠다고 성질을 부리면 받아 주련만, 밖으로 전혀 내색을 안 하니 말이다. 새삼 이런 생각도 들었다.

'어라, 이 녀석이 다 컸구나.'

어릴 때는 뭐든 하나하나 의논하고 부모한테 허락을 받지 않았던가. 앞으로는 많은 것을 자기 의지로 결정하고 선택하겠다는 부드러운 선전포고였다. 떠꺼머리 총각이 장가도 안 갔는데, 땋아 내린 머리를 싹둑 자르고 상투를 틀어 올린 셈이었다. 고지식한 남편의 팔꿈치를 쳤다.

"등판 가득 용 문신을 한 건 아니잖아."

전갈 타투는 볼수록 멋있어 보였다. 면적이 크니 새겨 넣을 때 꽤 아팠을 텐데. 무사히 살에 박히는 과정을 참아 낸 게 부럽기도 했다. 실은 몇 년 전부터 나도 팔뚝 어딘가에 조그만 타투를 해 보고 싶었다. 뭐랄 사람도 없는데(어머니들이 한마디씩 하실라나?) 겁이 많아 시도를 못하고 있었다.

시험이 끝나면 엄마와 함께 가 주겠다며, 아들은 의미심장하게 히죽 웃었다. '범생이 엄마는 절대로 못 할 걸요' 하는 눈빛이었다.(맞다, 여전히 못 하고 있다.)

긴 인생에서 겪는 '작은 실패'에 대하여

해마다 11월 즈음엔 '그날'이 온다. 멀쩡했던 기온이 귀신같이 알고 뚝 떨어진다. 유명한 사찰마다 절하러 오는 신도가 늘어난다. 찹쌀떡이 불티나게 팔린다. '불낙죽'이 인기를 모은다. 경찰차를 타고 교문에 입장하면 박수를 받는다. 병원 응급실에 격리된 환자가 9시 뉴스에 나오기도 한다.

온 나라가 이렇게 야단법석을 떠니, 시험을 못 보면 커다란 실패를 한 것처럼 여길 수밖에. 아니나 다를까 수능이 끝나자마자 성적을 비관해서 목숨을 버리는 학생들이 속출한다. 대체 수능이 뭐기에, 대학이 뭐기에. 왜 그것이 목숨보다, 계속 살아가는 일보다 중요하단 말인가.

자식을 대학에 보내는 일은 부모가 겪는 육아의 고통 중 거의 정점이다. 앤드루 퍼거슨이 쓴 책 〈나쁜 대학〉을 보면 미국의 현실도 비슷하다. 부제가 '우리 아들 대학 보내기 사생결단 프로젝트'다.

너무 많은 사람이 대학을 졸업하니, 학위가 아니라 어떤 대학을 나오느냐가 더 중요해졌다. 그 말은 곧 끔찍한 경쟁률을 의미한다. 남 보기에 좋은 대학을 가기 위해서는 뼈를 깎는 노력을 해야만 한다. 자녀들이 대학에 진학할 때가 되면 사방에서 부모들에게 가해지는 압력의 메시지도 똑같다.

'자녀를 명문대학에 보내지 않으면, 당신은 부모로서 실패하는 겁니다.'

대학 졸업한 지 30년 만에 만난 한 동창도 대뜸 그랬다. 자기는 자식 교육에 실패했다고. 무슨 소린가 했더니, 아이가 SKY를 가시 못했단다. 세상에, 부모가 저런 생각을 담고 있으면 자식이 모를 수가 있나. 더군다나 그 자식은 죽을힘을 다해 서울 안에 있는 대학을 갔는데도 말이다. 그렇게 생각하는 네 생각이 진짜 '실패작'이라고 말해 주고 싶었다.

고등학교 때, 전교 석차가 뚝 떨어진 적이 있다. 1등부터 100등까지 모여 공부하던 교실에서 내 자리가 사라졌다. 하늘이 무너지는 것 같았다. 사는 게 무슨 의미가 있나 싶을 만큼 사춘기 소녀에게 예민한 일이었다.

당시엔 세상이 끝난 것처럼 울고불고했다. 지금은 담담하다 못해 코웃음이 난다. 그만큼 시간이 흘렀고, 인생의 법칙을 깨달았다. 죽고 싶을 정도로 힘들거나 고통스러운 일도 세월이 좀 지나면 그랬나 싶게 소소해진다는 말이다. 살면서 그런 고비들을 몇 번이나 넘겼다.

게다가 중년쯤 살아 보니 "인생은 마라톤"이라는 말이 그렇게 실감날 수가 없다. 원하든 원하지 않든, 인생이란 오르락내리락 굴곡지게 마련이다. 명문대를 나와도 그렇고, 나오지 않아도 그렇다. 그러니 대학 시험 하나로 모든 게 결판나지 않는다. 모든 게 결정될만큼 중요하지도 않다.

재수를 한 아들은 수능 시험을 보지 않았다. 아니, 보지 못했다.(사람들에게 털어놓기에는 좀 부끄러운 실수니, 이유는 밝히지 않기로 한다.) 그 순간엔 심장이 멎을 만큼 황당했지만, 세상은 무너지지 않았다. 죽을 정도로 심각하지 않았다. 울고불고할 일도 아니었다. 단지 대학을 가기 위해 지겨운 재수의 과정을 반복할 생각은 아들이나 나나 개미허리만큼도 없었다.

미술 학원의 조언에만 의지해서는 안 된다는 지난

해 교훈을 상기했다. 〈미대 입시〉라는 잡지를 사서 아들과 함께 꼼꼼히 들여다보았다. 먼 지역에 있는 대학도 가리지 말고 최대한 실기 시험을 치러 보기로 했다.

시험 날엔 거리가 멀고 교통편이 불편해서 차로 실기 장소까지 태워다 주었다. 처음에는 멋모르고 네 시간 정도를 '학부모 대기실'에 앉아 책을 읽으며 기다렸다. 추운 교문 앞에서 떨며 기도하는 건 못 했다. 하기도 싫었다. 하늘에서 내려다보고 "예끼, 너는 엄마로서 정성이 부족하니 벌을 받아라!" 해도 할 수 없었다. "대신 제가 잘하는 걸로 복을 지을게요!" 하고 아양이나 떨 수밖에. 시험장에 들어가는 아이를 웃으면서 보냈다.

"우리는 딴 데 가서 신나게 놀다 올 거니까, 너도 맘 편하게 그려."

주말이라 부부가 함께 움직였다. 대학교가 자리 잡은 시역 명소를 구경했다. 유명한 빵을 사먹거나 온천욕을 했다. 때마침 두 군데 도시에선 미술 비엔날레가 열려서 뜻하지 않게 교양지수를 높였다.

통틀어 2년간 그림 공부에 투자한 보람이 있었나. 서울에 있는 대학의 장벽은 여전히 높았으나 그 한 군데를 빼고는 다 합격 통지를 받았다. 아들은 자기가 바라던 대로 만화를 공부하는 대학생이 되었다. 인생에서 처음으로 겪은 작은 실패를 그럭저럭 잘 넘겼다. 물론 대학에 가서도, 졸업을 해도, 또 크고 작은 인생의 굴곡을 넘나들겠지. 아이더러 대학에 가 보라는 이유는 딱 한 가지였다. 관심사가 비슷한 친구들을 만나 '제대로 실컷' 놀아 보라는 거다.

학문의 길을 계속 걷고 싶은 아이들을 제외하면, 대학이 취업을 위한 전 과정으로 전락한 지 오래되었다. 어렵게 대학을 나와도 취업 사정은 그다지 나아질 게 없다. 그렇다고 대학을 안 가면, 고등학교를 졸업한 아이들에게 주어지는 일터는 어떤가. 대졸도 어렵다는 정규직 취업은 더더욱 어렵고, 남자의 경우 군대에 가기도 어리다. 위험하거나 경력이 쌓이지 않는 일들뿐이다.

대학에 가지 않아도 20대 아이들이 일해서 적당한 돈을 벌 수 있는 안전한 일자리가 시급하다. 시험공부 말고, 하고 싶은 진짜 공부를 접할 수 있도록 기반을 마련하는 게 교육계의 급선무다. 대학 입시에만 목숨을 걸어 생기는 부작용들이 사라져야 한다. "우리의 소원은 오로지 대학"이 아니다. 기나긴 삶에서 겨우 몇 년을 차지하는 과정일 뿐이다.

인생을 살아 나가는 데 필요한 용기와 지혜를 가르치는 곳이 필요하다. 실용적인 지식을 배우는 똑똑하면서도 저렴한 평생학교들이 많이 생기면 좋겠다. 손으로 익힌 기술과 몸으로 하는 노동이 인정받고 대우 받는 시스템이 정착되길 바란다. 미래를 이끌어 나갈 청년들이 행복하고 잘 사는 세상. 그래야 노인 세대도, 아이 세대도 희망이 생긴다.

아무렴, 부모와 떨어져 살아 봐야지

호소다 마모루가 만든 〈늑대 아이〉. 애니메이션이라고 얕보지 마라. 혼자 보다가 펑펑 울 수도 있다. 반은 늑대, 반은 인간인 남매를 홀로 키우는 엄마의 고군분투가 짠하기 때문이다. 한부모 가정의 고달픔이나 장애아를 둔 심정처럼, 많은 은유를 숨겨 놨다.

똑같은 부모의 유전자를 이어받은 아이들이 얼마나 다를 수 있는지 보여 준다. 그러니 서로 비교하거나, 성에 안 찬다고 탓해선 안 된다. 누가 누구를 대신할 수가 없다. 각각의 자식은 다 유일무이한 존재다. 자식이 힘들어하는 순간마다 부모가 뭘 해 줄 수 있을까. 그저 "괜찮다"는 말과 다정한 토닥임이면 된다는 것도 알았다.

하지만 뭐니 뭐니 해도, 내가 꼽는 이 작품의 백미는

'이별'이라 하겠다. 제 길을 찾아가려는 자식을 떠나보내는 부모 마음에 울컥하고 만다. 못 해 준 게 많아 아쉬운 심정. 불안해서 좀 더 곁에 두고 싶지만, 차마 잡을 수 없는 마음. 약하고 내성적인 '아메'는 내 아들과 많이 닮아서 더 동병상련을 느꼈다.

평소 '사랑하기에 떠난다'는 말은 어불성설이라 고집했다. 사랑하면 곁에 있어야지, 왜 떠나? 허나 자식은, 사랑하기에 보내는 것이 맞다. 부모와 떨어져 혼자 날갯짓을 해야만 진정한 어른으로 성장하기 때문이다.

서울에서 나고 자란 나는 결혼하기 전까지 부모의 우산 밑에서 살았다. 안온했지만 갑갑하고 제약이 많았다. 중학교 이후로 쭉 부모와 함께 산 남편도 비슷한 신세였다. 둘 다 얼른 집에서 벗어나고 싶어 결혼을 서두른 감도 있다. 반면 양성 평등하고 민주적인 가정 환경에서 사란 아들은 우리와 정반대였다. 유난히 집에 머무는 걸 좋아했다. 어디 나갈 때보다, 집에 들어올 때 더 행복해했다.

그런 아이를 키우면서 늘 양가감정에 시달렸다. 하나밖에 없는 아들이 집에 있으면 든든하고 참기름을 친 것 같았다. 없으면 허전하고 금고라도 털린 듯했다. 반면 사랑하는 '외동아들'이기에 더 단단해지도록 자유롭게 놔주고 싶었다. 잡고 싶은 속마음과는 달리, 얼른 집에서 나가라고 등을 떠밀었다.

오래 전부터 버킷리스트였던 앙코르 유적을 보러 캄보디아에 갔을 때다. 직접 가서 눈으로 보고, 기어 올라가고, 손으로 쓰다듬어 보니 감개무량했다. 기나긴 세월이 흐르는 동안 유적들과 꽈배기처럼 엮이고 만 스펑나무는 볼 때마다 입을 벌렸다. 영화 〈화양연화〉의 마지막 장면처럼, 깊은 인간사의 비밀을 품은 것처럼 오묘했다.

현지 사람들은 후텁지근하고 지저분한 환경에 살면서도 얼굴이 밝았다. 우연히 마주친 한 소년은 특히나 미소가 환했다. 커다란 나무 그늘에다 유적 그림을 잔뜩 펼쳐 놓고 파는 아이였다. 물론 본인이 현장에서 직접 붓으로 그리는 거였다. 학교에서 따로 미술 공부를 했는지는 모르겠다. 어느 그림에는 무채색의 위엄이 서렸고, 때론 갖은 색깔의 화려함이 돋보였다.

한 장 한 장 성심을 다해 그리는 땀방울에 반하고 말았다. 유적 구경은 뒤로 미룬 채, 한동안 옆에 앉아서 그리는 걸 들여다봤다. 공짜로 구경만 할 수 있나. 현지 물가에 비해 꽤 비싼 거금을 주고 맘에 드는 그림 한 점을 구입했다. 대학에 가겠다고 뼈 빠지게 그림을 그렸던 아들 생각이 난 것이다.

숙소로 돌아와 다시 그림을 펼쳐 보면서 우리는 나

름 비장하게 마음을 다졌다. 행복이 별건가. 우리 아들
도 저 소년처럼 살라고 합시다. 돈 좀 못 벌면 어떤가. 좋
아하는 그림이나 실컷 그리라고 합시다. 훨훨 자유롭게
세상을 떠돌아다니라고. 집으로 돌아오자마자 남편은
아들에게 그림을 내밀며 호기롭게 덧붙였다.

"하… 붓 하나 들고 마음먹은 대로 쓱쓱 그리는데
정말 부럽더라. 온 세상 사람들이 다 보러 오는 유적을
매일 그리는 거잖아! 옷은 더럽고 슬리퍼는 다 찢어졌는
데, 얼굴은 자부심으로 가득 차 보였어. 아주 행복해 보
였다고. 너도 대학이고 부모고 신경 쓰지 말고, 앙코르
와트 같은 데 가서 그림 그리며 사는 건 어때?"

하나밖에 없는 아들더러 멋대로 살라고 하니 얼마
나 배포 큰 선심인가. 그림을 펼쳐 본 녀석의 대답은 간
단명료했다.

"싫은데요. 전 컴퓨터로 그리는 게 좋거든요. 그리고
유적 같은 데보다 도시에서 살고 싶어요. 일해서 돈도
잘 벌어야죠."

역시나 "좋으면 너나 가라, 하와이"였다. 아들에게
도 나름대로 다 계획이 있는 것이다.

억지로 등을 떠밀 필요가 없었나 보다. 애쓰지 않아
도 이별의 날이 찾아왔다. 아들이 선택한 대학교는 충청

남도에 있었다. 집에서 나가기 싫어도 한동안 나가야만 했다. 하나하나 차분히 떠나보낼 준비를 시작했다.

가격이 저렴한 기숙사는 추첨에서 떨어졌다. 낯선 데서 처음으로 혼자 숙식을 해결해야 하니 겁이 날 거라 생각했다. 한 학기 정도 자취보다는, 주인아주머니가 아침과 저녁밥을 해 주는 하숙집으로 정했다. 밥을 손수 해 먹는 걱정만 없어도 큰 짐을 더는 셈이니까. 손바닥만 한 개인 방에 침대와 책상, 작은 옷장이 있는 구조였다.

미국 영화를 볼 때마다 꼭 따라해 보고 싶은 게 있었다. 부모가 자동차에 짐과 트렁크를 싣고, 자식을 멀리 떨어진 대학까지 태워다 주는 일. 워낙 땅덩어리가 크다 보니 그렇게 실어다 줄 수밖에 없다. 졸업할 때까지만 짧은 헤어짐일 수도 있다. 다시는 예전처럼 한 집에서 살 일이 없는 긴 이별이 되기도 한다. 어느 경우든, 성장한 자식이 부모 곁을 떠나 혼자만의 삶을 시작하는 일종의 성인식이랄까.

드디어 떠나는 날 아침. 남편은 자동차에 이불과 침대보를 실었다. 아들은 컴퓨터와 한 철 입을 옷이 담긴 트렁크를 옮겼다. 날씨가 좋은 토요일이어서 마치 피크닉이라도 떠나는 기분이었다. 가는 중간에 유명한 맛집에 들러 '최후의 만찬'을 했다. 학교 근처에 있는 큰 슈퍼에서 청소도구며 세제 같은 생필품을 구입했다. 밥만 해 줄 뿐, 빨래나 청소는 스스로 알아서 처리할 일이었다.

하숙집 아주머니께 "잘 부탁드린다"는 인사를 하 고 나왔다. 대문 앞에서 아들과 포옹을 하는데, 왜 그리 도 몸이 빈약하게 느껴지던지. 우리 셋은 웃으면서 짧게 '안녕'을 고했다. 영화의 한 장면처럼, 오랫동안 손을 흔 드는 아들 녀석을 백미러로 훔쳐보며 눈물을 훔쳤냐고? 차가 출발하자마자 아들은 이미 집으로 들어가 버리고 없었다. 아차! 명색이 편집자 엄마인데, 이럴 때 뭔가 중 요한 말을 편지로라도 남길 걸 그랬나.

〈햄릿〉에 등장하는 폴로니어스는 부모 곁을 떠나는 아들 레어티스한테 이렇게 당부한다.

"생각나는 대로 지껄이지 말고, 엉뚱한 생각일랑 행 동으로 옮기지 마라. 친절하게 보이되, 결코 상스럽게 굴지는 마라. 친구를 사귈 때는 일단 겪어 본 다음, 진정 한 우정이면 쇠사슬로 영혼에 묶어 두듯이 잘 지켜라. 그 러나 모든 신출내기 허풍쟁이들과 어울리느라 손바닥이 닳을 정도가 되면 안 되지. 조심해서 싸움에 휘말리지 않 도록 해라. 그러나 싸워야 할 때는 상대가 너를 두려워 할 정도로 혼을 내줘라."

맙소사! 그러고 보니 미처 이별할 준비가 안 된 건 부모였다. 집으로 돌아오는 내내 아무런 말이 없었다.

불 꺼진 아들의 빈방을 둘러보니 심경이 복잡했다. 하루 종일 굶은 것처럼 속이 쓰라렸다. 달랑 둘만 남아 있는 상황이 어설프고 낯설었다. 연극이 끝나고 난 뒤, 쓸쓸히 빈 무대를 청소하는 마음 같았다.

약한 마음을 들킬까 차마 먼저 걸지 못하고 아들한테 전화가 오기만을 기다렸다. 부부만 오롯이 누워 뒤척이자니 예전으로 돌아간 것 같았다. 어머니 집에 두고 온 아기가 보고 싶어서 잠들지 못했던 그 밤. 낯선 방에서 아들은 잠이 들었을까.

마주치는 군인마다 내 아들 같아서

지하철 안, 나는 건너편에 앉은 사람을 뚫어지게 쳐다보았다. 남자다. 그것도 젊은 남자다. 머리에 쓴 모자부터 옷, 배낭, 신발까지 하나하나 차례로 훑는다. 정신없이 휴대폰을 들여다보는 모습이 귀엽다. 아니, 애잔하다. 누가 보면 아줌마 스토커인 줄 알겠네. 어쩔 수 없다. 아들이 입대한 뒤로 생긴 버릇이다. 어디서든 군인만 보면 정신을 못 차린다. 맘 같아선 다가가 말을 걸고 싶다. 무슨 부대냐고, 휴가를 나온 거냐고, 뭐 먹고 싶은 건 없냐고.

하숙집에다 아들을 떨궈 놓고 돌아오면서, 이미 이별의 찬바람을 경험하지 않았던가. 비교가 되지 않았다. 삭막한 훈련소에다 두고 오는 건, 거의 토네이도급 태풍이었다. 말갛게 깎은 수많은 뒤통수를 바라보자니 만감이 교차했다. 품 안에 있던 녀석이 언제 이렇게 커 버렸나. 아들 가진 부모들이 지는 '의무'의 십자가는 언제쯤 사라질까. '어머니의 은혜'가 연주되는 동안, 아들은 일찌감치 큰절을 하고 사라져 버렸다.

며칠 지나 훈련소에서 소포가 왔다. 상자를 여는 순간 대부분 눈물샘이 터진다는데, 역시 나는 강한 엄마로다. 숙제로 쓴 일기장처럼 단정한 '공식 편지'를 읽으면서 약간 웃음도 나왔던가. 정작 간이 떨어질 만큼 놀란 건 몇 시간 후였다. 빨려고 옷을 털다가 틈 사이에서 꼬깃꼬깃 접은 쪽지를 발견한 것이다.

부모한테만 몰래 알리고 싶은 힘겨운 속마음이었다. 며칠 전까지만 해도 맘껏 자유로운 세상을 구가하던 청년들이 아닌가. 하루아침에 죄수처럼 머리를 깎고 집단생활을 하고 있으니 그 온도 차가 얼마나 클까. 아들의 두려운 마음이 고스란히 전해져서, 빨래를 하다 말고 주저앉아 울었다.

그나마 "세상이 많이 좋아졌다"는 말은 이럴 때 쓰나 보다. 깜깜무소식은 아니었다. 인터넷을 통해 훈련소에 있는 아들한테 짧은 편지를 쓸 수 있었다. 종이에다 출력해서 본인한테 전달해 준다는 거다. 한창 연애할 때도 안 써 본 편지를 꼬박꼬박 써서 올렸다. 2주에 한 번

씩 훈련소 단체 사진을 올려 줘서 적이 안심되기도 했다. 까까머리에 안경을 쓴 모습이 다들 비슷해서 누가 아들인지 분간하기 어려웠지만.

무더위 속 7주 훈련이 끝나는 날, 가족을 초대하는 행사를 가졌다. 수백 명의 군인이 한 치도 어긋남 없이 장총을 착착 돌리며 구령을 붙였다. 처음 입소할 때 철없이 낄낄대던 그 애들이 맞나 싶었다. 더 놀라운 일은 따로 있었다. 얼룩덜룩한 군복에 까만 베레모를 쓴 똑같은 군인들 틈에서, 그리운 내 아들을 단박에 발견해 낸 것이다.

예약해 둔 고깃집에서 마주한 아들은 의젓했다. 앉는 자세가 달라지고 말투도 예의 '습니다'체로 바뀌었다. 보는 눈도 없으니 잠깐 돗자리에 누워 눈을 붙이라고 해도 꼿꼿이 등을 세우고 앉아 있었다. 그동안 나는 인권 측면에서 "군대를 다녀와야 철이 든다"는 말에 저항하는 편이었다. 애잔하던 뒤통수가 7주 만에 단단해진 걸 목격하니, 아주 틀린 말은 아닌가 보았다. 하숙하면서 혼자 살아 본 경험이 훈련소 생활을 하는 데 꽤 도움이 되었단다.

"어깨에 문신한 것 때문에 매는 안 맞았니?"

"제 건 장난 수준이지 말입니다. 등판에 이따만 한 용 문신을 한 애들도 많습니다."

운이 좋았는지 서울 가까운 곳에 자대 배치를 받았다. 손꼽아 기다리던 첫 면회 날이 다가왔다.

"전날부터 굽고 튀기고, 찬합에 바리바리 음식을 싸가는 건 촌스러운 짓이야."

게다가 엄마가 만든 음식이 군대밥보다 맛있을 거라는 보장이 없었다. 바깥에 데리고 나가 고기를 사 먹일 요량으로, 배만 한 개 덜렁 챙겨 갔다. 외출이 안 된다는 걸, 면회소에서 아들을 만나고서야 알았다. 당황한 남편은 총알처럼 음식을 사러 나가고, 나는 슬픈 표정으로 배를 깎았다.

남들은 테이블 위에 잔뜩 음식을 펼쳐 놓고 먹는데, 우리 아들만 빈약한 배 조각을 사각사각 씹었다. 그 모습이 안돼 보였는지, 같은 부대 상병 하나가 전자레인지로 데운 소시지 하나를 먹으라고 갖다 주었다. 긴 기다림 끝에 남편이 포장해 온 음식은 겨우 희멀건 만둣국이었다.

우리야 맘만 먹으면 자주 오갈 수 있는 거리였다. 먼 아래 지역에서 올라온 동기들 가족은 면회를 오는 일이 드물다고 했다. 그 후론 면회를 갈 때마다, 아예 4인분 정도의 음식을 넉넉히 (사서) 챙겼다. 아들은 매번 다른 동기들과 후임 사병들을 골고루 데리고 나왔다. 너 나 할 것 없이 다 내 아들 같은 해맑은 청년들이었다. 얼마나 맛있게들 먹는지, 매주라도 가고 싶은 걸 간신히 참아야 했다.

부모가 막연히 걱정하던 군대 생활과는 많이 달랐다. 예전 코미디 프로그램에서 보듯, 병장이 이등병을 한없이 부려먹거나 군기를 잡는 일은 없다고 한다. 성격이 비슷한 동기들끼리 한 막사에서 같이 지내기 때문이다. 입영한 지 6개월 정도 차이가 나도, 같은 계급끼리는 말을 놓는다. 일과가 끝나면 저녁 시간 이후나 주말에는 누워서 텔레비전을 보기도 한단다.

예능 프로그램에 별 관심이 없던 아들은 도서관에 드나들면서 책을 읽었다. 편집자 엄마의 잔소리가 먹혔는지 학생 때 읽은 것보다 더 많은 양의 책을 접했다. 책목록을 보내며 군대로 부쳐 달라는 부탁을 받았을 땐 감격스럽기조차 했다. 군대에서 올린, 전혀 기대하지 않았던 성과다. 늘 들여다보던 휴대폰을 손에 못 쥐어서 생긴 부가가치일 수도 있겠다.

대개는 병영문고에서 빌려 봤는데, 막상 읽고 싶은 유명한 책이나 신간은 드물었다고 한다. 해마다 군납하는 책을 고를 때 납품 가격만 고려하지 말고 군인들에게 유용한 책들을 선정하기 바란다.(촉구한다!) 자대 내 PX에서 신간을 팔긴 하지만, 간식 사 먹을 돈도 부족한 군인들이 맘껏 책을 사 볼 수 있겠는가. 장식용 구색 맞추기에 불과하지 않도록 병무청에서 좀 더 도서 예산을 지원해 달라.(촉구한다!)

이 시기에 아들은 그리스 로마 신화는 물론 북유럽과 동양의 신화를 책으로 섭렵했다. 전쟁과 역사에 관한 책들도 보내 달라고 했다. 기회는 이때다 싶어, 내가 읽고 좋았던 책을 잔뜩 싸서 보내기도 했다. 일부러 연필로 그은 밑줄과 별 표시가 가득한 헌책을 보냈다. 몸은 떨어져 있어도 같은 책을 읽고 좋은 문장의 의미를 공유하고 싶었다.

특히 〈빅터 프랭클의 죽음의 수용소에서〉를 읽고 큰 위로를 받았단다. 수용소는 아니지만 일시적으로 자유를 제한받는 군대라는 공간이 유사하게 느껴졌나 보다. 아들 역시 같은 문장에 밑줄을 그어 놨다.

"인간에게 모든 것을 빼앗아 갈 수 있어도 단 한 가지, 마지막 남은 인간의 자유, 주어진 환경에서 자신의 태도를 결정하고, 자기 자신의 길을 선택할 수 있는 자유만은 빼앗아 갈 수 없다."

맘이 맞는 일본 유학생 선임을 만나 좋은 영향을 받기도 했다. 일본어 등급 공부를 해서 휴가 때마다 시험을 보더니, 3급과 2급 합격장이 날아왔다. 동기한테 배우겠다며 통기타를 사 갖고 들어가기도 했다. 아들 말로는 병영 내에서 매를 때리거나 맞는 일도 없었다고 한다. 진상 규명을 요청하며 끊임없이 목소리를 내 주는 사람들이 있었기에 군대 조직도 선진화되고 있는 게 분명하다. 그러니 아들 가진 부모들이여, 얼마간 마음 놓기를.

입영과 면회, 외박, 제대를 거치면서 우리는 수많은 이별 연습을 반복했다. 그래서일까, 아들이 복학하러 다시 집을 떠날 때는 정말이지 먼젓번과는 영 달랐다. 이별에 대한 맷집이 생겨서 보고 싶다고 밤에 뒤척거리는 일이 사라졌다. 이제 편안히 떠나보낼 만큼 안심해도 좋았다. 아무렴, 군인 오빠를 뛰어넘어 예비군 아저씨가 됐구먼.

서로의 그늘에서,

자유로워지는 것

다 큰 자식과 한집에서 사는 법

아들이 돌아왔다. 비워 둔 둥지를 다시 찾은 새처럼 살포시 들어왔다. 타향살이 3년, 군대 18개월을 나가 살았다. 떠나는 뒷모습을 볼 때마다 아련했는데, 옛 애인 상봉하듯 마음이 설렜다. 한동안 부부만 지내던 집에 화색이 돌기 시작했다. 침대보를 새로 깔고, 어수선하던 거실을 정리했다. 이참에 갈고닦은 엄마의 손맛을 보여 주겠다고 의욕을 불태웠다. 이러다 금세 독립한다고 나가 버리면 어쩌지.

인간의 마음이란 얼마나 간사한가. 그리움은 한 달

도 못 가서 잦아들었다. 반가움은 더 빨리 자취를 감췄다. 손맛은 일찌감치 밑천이 떨어졌다. 대신 그 자리에 번거로움, 귀찮음, 힘듦 같은 부정적인 감정이 쥐새끼처럼 파고들었다.

'어? 내가 왜 이러지? 엄마라는 사람이 이래도 되나?'

아무리 생각해도 이상했다. 목숨만큼 소중한, 아니 목숨은 아니더라도 금반지만큼 아끼는 자식이 곁에 왔는데 귀찮은 게 말이 되나? 말이 됐다. 아들은 더 이상 약하고 여린 존재가 아니었다. 나 역시 예전의 혈기왕성한 슈퍼우먼이 아니었다. 이제 보살핌을 받아야 할 사람은 아들이 아니라, 나이든 엄마였던 것이다.(흠, 여기서 마녀 체력은 별개의 문제로 치자.)

25년 이상을 회사형 인간으로 살았다. 침대 위에다 이글루를 지은 듯, 먹고 자다 나가는 하숙생 신세였다. 퇴직한 이후에야 집이 온전한 내 공간처럼 여겨졌다. 아들이 나가 있던 4~5년간 가사에서도 한껏 벗어났다. 오랜 맞벌이 체제에 길든 남편은 본인 옷을 스스로 빨고 챙겼다. 밖에서 저녁을 해결하고 들어오는 때가 많았다. 나 혼자 끼니를 때우기란 바람 부는 날 바람개비 돌리는 것만큼 쉬웠다. 주부 인생 최고의 게으름을 구가하던 차였다.

아직 일이 없던 아들은 대부분의 시간을 집에서 보냈다. 자기 방에 콕 박혀 생활하는 걸 완전 즐기는 '집형' 인간이었다. 반찬 투정을 하는 일이 없고 입맛이 까다롭지 않아 아무거나 잘 먹었다. 그냥 숟가락만 하나 더 놓을 뿐, 딱히 해 주는 것도 없었다. 그런데도 끼니때마다 신경이 쓰이니 어쩌겠는가. 전업주부들의 마음을 이해할 것 같았다. 밥 차리고, 설거지하고, 돌아서면 또 밥 먹을 준비라더니! 오호라, 이래서 삼식이 시리즈가 생긴 거구나.

안 되겠다. 우선, 사랑하는 마음과 번거로운 감정이 별개라는 것부터 인정했다. 부채 의식이 있던 엄마 마음이 편안해졌다. 조만간 독립할지 모르니 집에 있는 동안 잘해 주라고? 천만의 말씀. 아들이 언제까지 우리와 함께 살지는 신만이 아실 일이다. 비록 내 집이지만, 맘대로 방을 빼라고 할 수 없는 세입자가 자식 아닌가. 남이라면 돈으로 해결하거나 계약서를 쓰면 된다. 오히려 사랑하는 가족이기에, 집을 나눠 쓰는 구성원끼리 평화롭게 살기 위한 규칙이 필요한 건지도 몰랐다.

철저한 가사 분담이 이뤄졌다. 각자 취향에 따라 남편은 청소, 나는 설거지, 아들은 빨래와 재활용 분리수거를 맡았다. 하루에 한 끼니를 내가 해결하면, 나머지는 죽이 되든 밥이 되든 아들 몫이었다. 장보기부터 재료 손질에 들어가는 노동은 최소한으로 줄였다. 온라인 세상에는 요리를 못하는 엄마나 집밥을 좋아하는 아들이 뚝딱 해 먹을 수 있는 음식이 많았다. 가족이 모이는 거실에만 늘어놓지 않으면, 각자 방은 얼마든지 어질러도 참견하지 않기로 했다.

지금까지 내가 아들을 키웠다고, 속속들이 다 안다고 장담했다. 얼마나 큰 착각인가. 30년 가까이 함께 산 남편 속도 모를 때가 많은데. 7개월짜리 아기를 떼놓고 회사에 나가기 시작했다. 따지고 보면 아침부터 저녁까지 긴 시간을 한 공간에서 부대끼며 보낸 적이 거의 없다. 평소 데이트를 잘하던 연인도 신혼여행을 가면 싸운다고 했던가. 아무리 살가운 아들과 엄마 사이라도, 서로의 존재와 사는 방식에 익숙해질 시간이 필요한 법이다.

이제 만족하냐고? 본심을 말하자면 만족을 넘어 황송할 지경이다. 할머니의 유전자를 이어받았는지, 엉성한 엄마와는 영 다르다. 어묵과 삶은 계란까지 넣은 국물떡볶이를 대령한다. 예쁜 접시에다 유부 초밥을 가지런히 올려놓고 부를 때도 있다. 주문하는 대로 라떼나 핸드드립 커피를 척척 말아 준다. 때때로 혼자 가기 어려운 동네 맛집을 검색해서 동행해 주기도 한다. 한 달에 한 번 아들과 단둘이 외식을 한다는 시오노 나나미가 부럽지 않다. 어린 왕자가 여우를 길들이고 떠난 것처럼, 이러다가 엄마를 놔두고 달아나 버리면 어쩌나 은근히 겁내고 있다.

요리보다 설거지가 더 중요하다

"선배! 아들 잘 키웠어요!"

아들이 군에 입대하기 전, 한 딜 정도 여유 시간이
있었다. 마침 아는 후배가 아르바이트 할 학생을 찾았
다. 회사 직원들을 도와 이런저런 잡일을 하는 업무였
다. '놀면 뭐하냐' 싶어 아들에게 권했더니 순순히 한다
고 나섰다. 그렇게 연결만 해주고 무심히 신경을 끊었
다. 꼬박 30일을 채우고 나서 아들은 월급봉투를 받아
왔다. 제 할 일을 잘 마무리했나 궁금하던 차에, 후배가
전화를 한 것이다.

특별히 재능을 발휘할 일도 아니었을 텐데 웬 칭찬? 재능을 발휘하긴 했나 보다. 주로 태블릿에 개인 정보를 입력했단다. 마지막 날에는 누가 시킨 것도 아닌데, 자기가 익힌 매뉴얼을 그림으로 얌전하게 정리해 놨다는 것이다. 누구라도 그 일을 이어받아 할 수 있도록. 어라, 제법인데? 몇 년 전, 제 딴에는 엉엉 울 만큼 혼이 나더니 좋은 교훈을 얻은 게 틀림없다.

고등학교 2학년 때, 아들은 뒤늦게 그림으로 진로를 바꿨다. 처음엔 집 근처에 있는 미술 학원에 다니기 시작했다. 젊은 지도 선생님 밑에서 같은 반 또래 아이들과 열심히 그림을 그렸다. 3학년이 되고 입시가 눈앞으로 다가오자 뭔가 불안했나 보다. 홍익대학교 앞에 있는 큰 학원으로 옮기고 싶다는 거다. 알아서 잘 처리했겠지 싶었는데, 며칠 지나 동네 학원에서 연락이 왔다. 아들이 등록을 안 하고 학원에 나오지 않아서, 무슨 일이 생겼나 전화했다는 것이다.

"엄마가 너한테 진짜 실망했다."

실망. 그동안 형편없는 성적표를 가져와도, 고등학교를 그만둔다고 했을 때도 꺼내지 않은 말이었다. 그까짓 학교 성적이 뭐 그리 중요한가. 대학에 잘 가는 일이 얼마나 대단한가. 성적보다 대학보다 중요한 건, 사람의 인성이며 태도다. 일이든 관계든 잘 마무리하려는 마음이다. 마무리에는 책임이라는 의미가 들어 있다.

물론 이해는 간다. 자기 딴에는 혼자만 빠져나와 큰 학원으로 옮기는 게 미안했을 것이다. 어쩌면 선생님의 믿음과 친구들의 우정을 배신하는 행위로 느껴졌을 수도 있다. 차일피일 통보를 미루다, 내가 전화를 받는 지경까지 온 것이다. 아들은 방에 들어가 선생님과 통화를 하는 듯했다. 거듭 죄송하다며 꺽꺽 흐느끼는 소리가 들렸다. 전화로나마 이별을 고한 아들의 얼굴은 묵은 때를 벗겨낸 듯 해맑아졌다.

누군가의 얼굴을 보며 미안하다고 말하는 것, 못하겠다고 거절하는 것, 제대로 이별을 고하는 것은 어렵다. 인간의 뇌 회로는 남이 실망하는 것을 괴로워하도록 프로그래밍 되었는지도 모른다. 가능하면 미루거나 회피하고 싶다. 좋은 마무리란, 꽤 용기가 필요한 일이다.

특히 편집자란 업이 그렇다. 청탁을 잘해야 하지만 '거절의 달인'도 되어야 한다. 하늘 같은 저자의 원고를 받아 놓고, 거절하지 못해서 고민했던 한숨이 몇 번이던가. 그래도 마음을 단단히 먹고 하루라도 빨리 전해야 한다. 그런 과정을 여러 번 거치면서 나름의 노하우가 생겼다. 내 경험으로는 솔직하게 진실을 말할 때, 나나 상대방이나 가장 덜 상처를 받았다. 잘 거절하는 데 이력이 나면 드디어 베테랑 편집자가 된 셈이다.

하다못해 가사일조차도 처음보다 마무리가 더 중요하다. 요리를 하고 난 뒤에는 설거지까지 잘 끝내야 한다. 설거지의 마무리는 행주까지 깨끗하게 빨아서 말리는 거다. 마른 옷을 잘 개켜서 제자리에 수납까지 해야 빨래의 마무리가 된 것이다. 밥을 먹고 난 식탁을 보면, 대체로 먹은 사람의 성격이 드러난다. 가능하면 음식 찌꺼기나 휴지를 흉하지 않게 잘 수습해 놓는다. 짜장면 하나를 시켜 먹어도 음식이 묻은 지저분한 그릇을 함부로 문밖에 내다 놓지 않는다.

뭐니 뭐니 해도 가장 중요한 건 삶의 마무리 아닐까. 인간은 죽어서 이름을 남기는 것이 아니다. 어떻게 죽느냐에 따라 이름이 남겨진다. 평생을 올곧게 살았어도 마무리가 좋지 않으면, 안 좋은 이름으로 기억되는 법이다. 이런 부모의 가치관을 자식한테 무의식적으로 가르치는 것. 그것이 바로 가정교육이다.

군대를 제대하면서 아들은 이상한 선물 하나를 가져왔다. 후임 사병들의 이름이 잔뜩 새겨진 모자였다. 누구나 다 받는 건 아니라고 한다. 군인 생활은 제대로 마무리한 모양이다. 복학하기 전 한 달 정도 게임 회사에 나가 아르바이트를 했다. 마지막 근무 전날, 뭔가 잔뜩 사서 들어왔다. 직원들에게 작별 선물로 나눠 줄 선크림이란다. 아이고, 아르바이트 해서 받은 돈을 다 쓰게 생겼다, 녀석아.

오늘도 저녁을 먹고 난 뒤 아들은 식탁과 싱크대까지 깔끔하게 마무리해 놨다. 이 엄마는 딴 것보다 그런 걸 사람들한테 막 자랑하고 싶다. 누가 들으면 푼수라고 할라나.

스무 살 이후, 오히려 지원이 필요할 때

한국의 부모들은 이상하다. 자식 교육에 모든 걸 다 바치려고 작정한 사람들처럼 돈을 쓴다. 세상 물정 모르는 어린애를 유모차에 태워 해외여행을 떠난다. 유치원 다니기 전부터 맹렬히 과외 활동을 시작한다. 비싼 영어 유치원이나 사립학교를 보내지 못해 안달한다. 학습지를 사거나 학원비를 내는 데는 돈을 아끼지 않는다.

이 정도는 초중학생 부모라면 대부분 해 볼 법한 애교 수준이다. 고등학생이 되면 돈의 단위가 달라진다. 말도 안 되게 비싼 고액의 개인 과외를 시킨다. 그 비용을 대기 위해서 부모가 가사 도우미나 대리 기사도 불사한다는 기사를 본 적이 있다. 좋은 학원이나 학군을 찾아 빚을 내서라도 이사를 간다.

자식 교육에 돈을 쓰는 부모의 심정을 왜 모르겠는가. 나 역시 부끄럽지만, 남들과 별반 다를 게 없다. 아니, 쓰지 않아도 좋았을 돈을 꽤 낭비한 장본인이다. 특히 수능을 세 달 앞두고, 평소의 나답지 않게 귀가 얇아져서 족집게 과외를 시킨 적이 있다. 효과가 있었는지 없었는지를 떠나, 내 평생 쓴 돈 중에 가장 아깝다. 잠깐 정신이 나갔었나 싶다. 이런 부모들의 눈먼 욕망이 강남의 사교육 시장을 그토록 거대하게 키우고 말았다.

게다가 부모의 돈과 관심은 돋보기로 빛을 모으듯 대학을 가는 데만 집중된다. 초등학교 때는 다양한 전인 교육을 시키던 부모들도 점점 변하기 시작한다. 중학생이 되면 취미나 교양 활동마저 대학을 가기 위한 방편으로 전락한다. 마치 대학을 보내기 위해 아이를 키우는 사람들 같다. 대학 이후의 삶이란 아예 없는 것처럼 군다. 부모도 학교도 사회도, 스무 살 이후 청년들에게 갑자기 스위치를 꺼 버린다.

기나긴 인생에서 4년간의 대학 생활이란 속눈썹만

큼이나 짧다. 여기다 판돈을 다 쏟아 넣을 만큼 중요한 패가 아니다. 대학을 잘 가야 나중에 잘 살 게 아니냐고? 그렇게 대학이 중요하다면, 같이 입학하고 졸업한 동창들은 죄다 비슷한 인생을 살고 있어야 한다. 과연 그런가?

좋은 대학을 나왔어도 비상식적으로 몰지각하게 구는 인간들이 넘쳐 난다. 내 주위엔 대학을 나오지 않았지만 꾸준히 책을 읽고 공부해서 지혜롭게 사는 친구들이 많다. 50년쯤, 아니 40년만 살아 보면 저절로 알 것이다. 대학이라는 학벌이 내 삶에서 차지하는 자리가 얼마나 미미한지. 대학 졸업장이 아니라, 편집자로 살면서 어떻게 살까 고민했던 세월이 지금의 나를 만들었다. 홍세화 선생은 〈생각의 좌표〉에서 '학벌 체제'가 지닌 폐해를 지적한다.

"학벌 체제는 모든 사회 구성원들에게 평생 교육을 멀리하게 한다. 만 18세에 인생의 서열이 거의 정해졌기 때문에 그 이후에 공부할 필요성을 크게 느끼지 않기 때문이다. 한국 사회 구성원은 일생 동안 기껏해야 두 번 공부한다. 대학 입시를 위해 한 번, 임용이나 취직하기 위해 한 번. 남과 벌이는 경쟁에서 이기려고 두 번 긴장할 뿐, 자기 성숙을 위한 모색과 긴장은 거의 죽은 사회다."

인간이 잘 살려면, 죽을 때까지 자기 성숙을 위해 배

우고 생각하고 행동해야 한다. 겨우 대학에 들어갔다고 해서 '배움'이 끝나는 게 아니다. 오히려 스무 살 이후 진짜 하고 싶은 공부가 뭔지 깨달을 수 있다. 부모의 통제와 학교의 규율에서 벗어나, 스스로 머리와 몸을 열고 세상을 받아들일 준비가 되는지도 모른다. 배우는 만큼 스펀지처럼 빨아들여서 자기 것으로 만드는 유연한 시기이기도 하다. 그러니 부모의 관심과 지원은 정작 이때부터 필요한 게 아닐까.

나는 중고등학교 때보다, 스무 살 넘은 아들의 머릿속이 궁금할 때가 많다. 이제야 제법 철이 들고 자기가 뭘 하고 싶은지 아는 것 같다. 배워야 할 것을 스스로 찾아내고 알아서 판단한다. 가끔 아들한테 오는 택배 상자를 열어 보면 엉뚱한 물건이나 책이 들어 있다. 관심사가 자주 변하는 것도 재미있다.

아들이 군대를 무사히 마친 기념으로 오랜만에 가족 여행을 떠났다. 일부러 아껴 두었던 교토를 선택했는데, 새삼 놀랐다. 성인이 된 아들과 함께하는 여행은 예전과 확연히 달랐다. 무심히 부모 뒤를 쫓아다니거나 철없이 먹을 것만 찾던 아이가 아니었다. 미리 책을 읽고 공부를 해서 역사가 깃든 고도의 문화와 지리와 풍경을 쑥쑥 받아들였다. 오히려 차분히 부모를 인도해 줘서 여행 내내 편하고 마음이 놓였다. 어쩌면 가족 여행도 이제부터 더 자주 다녀야 하는 게 아닌가 싶었다.

우리 가족은 기회만 되면 연극이나 뮤지컬, 클래식 연주, 국립극장의 전통 공연 등을 함께 관람한다. 무려 10년 만에 매튜 본의 〈백조의 호수〉가 한국 무대를 찾아왔다. 뒤늦게야 방한 소식을 듣고 간신히, 마지막 공연 하루 전에 두 좌석을 확보했다.

처음엔 무슨 발레가 그렇게 비싸냐면서 아들은 시큰둥하게 따라나섰다.(지금 못 보면 10년 뒤에나 본단다.) 옆에서 보니 공연 내내 단 한 번도 등을 좌석에 기대지 않고 집중했다.(그렇게 좋아할 줄 알았다.) 엄마 덕분에 명불허전을 봤다며 진심으로 고마운 표정을 지었다.(돈을 쓴 보람이 있구나.) 스스로 돈을 번다고 쳐도 청년이 좋은 공연 하나 보려면 얼마나 망설이고 망설일까.

남들이 보면 아주 여유가 넘쳐 보이려나. 무슨 소리! 내 지갑 속엔 그 흔한 백화점 카드 한 장 없다. 남편이나 나나, 명품 가방이라든가 고가의 옷은 평생 사본 적이 없다. 장장 15년 만에 에어컨과 세탁기를 바꿨다면 말 다했지. 평소에 돈을 안 쓰고 사치하지 않는 건 꼭 필요할 때 지갑이 빈약한 아들 몫까지 내주기 위해서다. 그동안 쓸데없이 낭비한 사교육비가 아까워 죽겠네. 지금

썼더라면 우리 집 청년의 교양 지수가 몇 배나 더 올랐을 텐데.

부모의 관심이나 지원은커녕, 혼자 먹고사는 것조차 힘든 청년도 부지기수다. 원래 가정 형편이 안 좋은 것은 어쩔 수 없다 쳐도, 더 나쁘게 몰아가는 중심에는 역시나 대학이 있다. 예전 같으면 취업 학원에서 배워도 충분할 제빵이나 미용, 메이크업 같은 기술까지 이제는 다 대학 교육으로 편입되었기 때문이다.

어떤 부모는 대학에 보낸 것으로 내 할 일은 다 끝났다고 여길 것이다. 스무 살 넘은 성인이니 알아서 살라는 식으로 관심을 끊어 버린다. 등록금은 점점 비싸지고, 부모의 도움 없이 학업을 이어 나가려면 어쩔 수 없이 학자금을 대출 받는다. 잦은 휴학을 반복하면서 어찌어찌 졸업한다 해도 취업이 어렵다. 졸업과 동시에 달려드는 대출금 독촉은 20대 청년들에게 엄청난 부채가 되고 만다. 천주희가 쓴 책 〈우리는 왜 공부할수록 가난해지는가〉는 대한민국 대학생들의 슬프디 슬픈 자화상이다.

"학년이 올라갈수록 학자금 대출은 700만 원, 1200만 원으로 훌쩍 뛰었다. 오르는 건 학비만이 아니었다. 월세, 밥값, 교통비도 올랐다. 공과금과 세금이 밀렸고,

주민세와 건강의료보험조차 부담스러웠다. 전 재산이 만 원밖에 남지 않은 날도 있었다. 지독한 감기에 걸렸는데, 병원비와 약값이 아까워 가지 않았고, 차비가 없어서 수업에 빠지는 날도 있었다. 아플 때 병원에 가고 부모님께 손 좀 벌려도 될 법한데 그때 나는 어리석게도 빈곤이 독립을 위한 과정이라고 여겼다."

드라마 〈나의 아저씨〉를 보면서, 스물한 살 이지은이 회사에서 훔친 인스턴트 커피 세 개로 저녁을 때울 때마다 눈물이 나서 혼났다. 생계를 이어가기도 어려운 청년들에게 교양이니 문화니 논하는 건 다 팔자 좋은 소리로 들릴지도 모른다. 그래서 더 슬프고 안타깝다. 스무 살 시절에 알아야 하고, 배워야 하고, 받아들여야 할 것들이 있다. 그렇게 깨치며 성장해야 성숙한 서른 살로 살고, 괜찮은 마흔 살이 된다.

청년 문제는 부모의 능력만으로는 도저히 해결되지 않는다. 그래서 국가가 있는 것이 아닌가. 청년이라면 배우고 싶은 걸 실컷 배우고, 보고 싶은 걸 맘껏 보고, 하고 싶은 걸 충분히 하도록 지원 받아야 한다. 어딜 가든 좋은 옷을 입은 중년과 노인들만 가득 앉아 고급문화를 향유하는 게 나는 어쩐지 미안하다. 장차 그런 중년으로 살 수 있도록 청년들에게 더 많은 배려와 기회가 돌아가면 좋겠다. 그래야 나라의 미래가 보일 게 아닌가.

자식을 '엄친아'로 키우고 싶다면?

'엄친아'는 '엄마 친구의 아들'을 줄인 말이다. 엄마들이 모이면 스트레스 해소 삼아 남편과 시댁 흉을 보기도 한다. 반대로 자식은 자랑을 해야만 오히려 스트레스가 풀리나 보다. 그런 자랑들을 한꺼번에 모아모아 이상적으로 만든 아들의 상이랄까. 공부를 잘해 좋은 대학에 갔는데 장학금까지 타고, 인물이 훤칠한 데다 효자 노릇까지 한다면 엄친아 부류에 속할 것이다. 요즘엔 거기서 끝나는 게 아니라 척 하니 공기업에 취직을 하고, 알아서 좋은 짝을 만나 결혼하는 조건까지 붙어야 한단다.

그런 식으로 치자면 내 아들은 엄친아와는 거리가 수백만 마일이다. 나도 평범한 엄마인지라 잘나가는 남의 자식들 자랑을 들으면 부럽거나 속이 쓰릴 때가 있다. 그러다가도 뜨끔해서 얼른 마음을 추스른다. 엄친아 곁에는 정성 넘치고 부지런하며 열정 샘솟는 엄마가 있었을 테니까. 내 아들은 왜 엄친아가 아닌가 생각하기에 앞서 가슴에 손을 얹는다. 과연 그런 엄마만큼 잘 챙기고 살았나 돌이켜 보면 금세 답이 나온다.

내가 아는 어떤 선배는 고등학생 아이의 학원 시간표를 짜 주었다. 올 때 갈 때 자동차로 픽업해 주는 것은 물론, 녹용에다가 영양가 있는 유기농 식단으로 밥을 해 먹였다. 그런데 나는 학원 시간표는커녕 대학의 가, 나, 다군이 뭔지, 수시와 정시의 차이가 뭔지도 잘 몰랐다. 그저 아이 뜻을 존중하고 지지한다는, 부모로서 최소한의 할 일만 했을 뿐이다.

분명 나처럼 대충 부모 노릇을 한 것 같은데 자식들을 기차게 잘 키운 '이상한 엄마'가 있긴 하다. '무조건 천국에 간다'는 아들만 셋을 키웠으니 얼마나 혼이 빠졌을까. 가사 도우미나 과외 선생을 둘 정도로 넉넉한 가정 환경도 아니었다. 그렇다고 열과 성을 다해 보살핀 것도 아닌데, 자식들이 하나같이 '엄친아'가 된 것이다.

그 이상한 엄마는 여성학자 박혜란 선생이다. 그가 쓴 〈믿는 만큼 자라는 아이들〉은 세월이 많이 흐른 지금까지도 엄마들의 필독서로 회자되고 있다. 나 역시 돌도 안 된 아기를 맡기고 회사에 출근하던 시기에 책을 읽었다. 아이를 잘 키우는 노하우를 얻었다기보다, 일하는 엄마로서 '대충 살아도 좋다'는 무한한 위로를 받았다.

살림에 관심이 없고 집안일을 잘 못하는 나에게 "엄마가 그래도 괜찮고말고" 말해 줘서 좋았다. "너무 깔끔한 집안의 아이는 상상력이 빈곤해서 창의적이지 못하다"니! 커다랗게 플래카드에 적어서 벽에다 붙여 놓고 싶은 심정이었다. 매일 살림을 깨끗하게 정리하느라 쓰는 에너지와 시간을 다른 데다(이를테면 책 읽기랄까) 쓰고 싶었다. 때로는 깨금발로 걸어 다녀야 할 만큼 집 안이 어질러져도, 그 말을 신조 삼아 죄책감이나 스트레스를 받지 않았다.

무엇보다 박혜란 선생의 가장 큰 장점은 '대범한 엄마'라는 거다. 잘나가던 직장 생활을 접고 한동안 육아에만 전념했다. 어린 세 아들과 소파에 몸을 던지며 총싸움을 즐기는 전업주부로 10년간 살았다. 그러다 셋째가 초등학교 들어갈 무렵인 서른아홉 살에 변신을 꾀한다. 자식 교육에 투신하는 게 아니라, 본인 공부를 위해서 대학원에 진학한다. '대범함의 절정'은 따로 있다.

고등학교 3학년인 셋째를 놔두고 1년씩이나 중국에 가서 초빙교수를 지냈다. 주위 사람들에게 "저러고도 엄마야?" 소리와 눈총을 받으면서도 꿋꿋하게 버텨 냈다.

과외 한 번 받은 적 없는 세 아들은 모두 서울대에 합격했다. 혼자 도시락을 싸 갖고 다니던 막내조차도 형들과 같은 길을 갔다. '엉터리 엄마'가 하루아침에 '특등 엄마'로 격상되었다. 그 비결이 뭔지 알려 달라는 엄마들의 쇄도가 빗발쳤다.

"아이를 겁도 없이 셋씩이나 낳긴 했지만, 아이들을 키운다는 어마어마한 일에 솔직히 자신이 없는 사람이었다. 그럴 바에야 아이들을 '키울' 생각을 하지 말고, 아이들이 '커 가는' 모습을 바라보는 일이 여러모로 훨씬 이익일 듯싶었다. … 다행히! 아이들이란 얼마나 신비한 존재인지, 내 몸을 통해서 세상에 나온 그들은 그 조그만 몸속에 무한한 가능성을 갖고 있나 보다."

이런 통찰은 나 같은 초보 엄마에게 큰 영향을 끼쳤다. 부모가 먼저 성숙해야 하고, 아이들 삶에 섣불리 끼어들지 않는 것. 아이의 존재를 믿고 지켜보는 것이 진정한 '육아'라는 것을 소신으로 삼도록 했다. 그러니 나는 누구보다도 박혜란 식 교육 철학의 수혜를 받은 사람이다. 게다가 꽤 오랫동안 저자와 편집자라는 짝꿍으로 지내면서, 곁에서 직접 뵙는 영광까지 누렸다. 유명한 둘째 아들인 싱어송라이터 이적의 책 〈지문사냥꾼〉도 내가 만들었으니, 어쩔 수 없는 '박혜란 빠'임에 틀림없다.

또 하나, 내가 개인적으로 아는 박혜란 선생은 '특별한 엄마'이기도 하다. 작은 소극장이든 대형 경기장이든, 이적이 크고 작은 공연을 할 때마다 단 한 번도 빼먹은 적이 없다. 스티븐 킹의 엄마처럼, 초롱초롱한 눈으로 자식을 지켜보는 열광하는 엄마인 것이다. 자식의 첫 번째 팬이 되는 것. 그거야말로 '무조건 너를 믿고 지지한다'는 사인을 보내는 것과 같다. 자식을 '엄친아'로 키우고 싶다면, 제일 먼저 배워야 하는 게 그런 마음 아닐까.

커밍아웃을 하자면, 나도 아들의 열렬한 팬이다. 다른 집 잘난 엄친아 한 트럭을 갖다 안겨 봐라, 내 아들이랑 바꾸나. 슬그머니 다가와 글 쓰는 엄마 어깨를 꾹꾹 안마해 준다. 미팅 시간에 늦어 동동대면 "걱정 말라"며 지하철역이나 약속 장소까지 차로 태워다 준다. 다 쓴 휴지나 세제를 알아서 사다가 채워 놓는다. 열두 시 넘어서도 귀가하지 않으면, 남편은 자 버리지만 아들은 꼭 어디냐고 전화를 한다. 배트맨 브루스 웨인을 알뜰하게 챙기는 집사 알프레드가 부럽지 않다. 다정한 얼굴로 나이든 엄마의 수다를 가만히 들어주는 아들이 내겐 진정한 '엄친아'다.

엄마 밥을 제일 먼저 풀 거야

시어머니가 식구들 밥을 푸는 순서는 늘 정해져 있었다. 시아버지, 큰아들, 작은아들, 손주들, 며느리들, 맨 마지막이 당신 밥. 혹시라도 밥이 모자랄 때, 다른 사람보다 덜 먹어도 되는 사람은 어머니였다. 정작 부엌에서 온종일 끓이고 지지고 한 사람은 본인인데 말이다. 아마도 어느 집에서나 흔히 볼 수 있는 풍경이 아닐까. 언젠가부터 밥을 풀 때마다 내 멋대로 시어머니의 작은 밥그릇부터 채웠다.

언제까지 엄마는 뒤로 물러서고, 희생하는 존재로

자리매김할 건가. 살도 없는 생선 머리를 뜯어 먹으면서 '어두일미'라고 말할 건가. 자식을 위해 어쩔 수 없이 양보하고 숨고 희생할 땐 하더라도, 일부러 그러긴 싫었다.

엄마의 희생양적인 태도가 자식한테 좋다고 생각하지도 않는다. 초등학교 때였나, 아들 친구와 그 엄마가 우리 집에 놀러온 적이 있다. 접대를 한다고 딸기인지 체리인지를 내놨다. 엄마끼리 잠깐 딴 일을 보고 있는 사이에, 그 아이는 접시를 깨끗하게 비워 놨다. 그 애 엄마는 식성 좋은 자식을 흐뭇하게 바라봤던가.

아무리 어린아이라도 얌통머리 없어 보여 혼났다. 내 자식이면 머리를 콱 쥐어박았을 거다. 데리고 앉아서 가르치고 싶었다. "엄마도 와서 같이 드세요" 하는 게 우선이란다. "먼저 먹어" 하면 어느 정도 먹더라도, 엄마 몫을 남겨 두는 거란다. "남기지 말고 다 먹어" 할 때도 잠깐 주저하는 마음이 있어야 한단다. 그렇지 않으면 동물이랑 다를 바가 없거든.

내 집에선 밥 푸는 순서가 따로 없다. 부엌에서 수고한 내 밥을 먼저 풀 때가 많다. 아예 음식을 할 때부터 세 사람 몫을 제대로 만든다. 생선 머리가 남으면 제일 나이 어린 아들에게 준다. 가장이 숟가락을 들 때까지 온 가족이 기다리는 고루한 짓은 안 한다. 혹시 늦는 식구가 있으면, 그만큼 몫을 미리 남겨 둔다. 대신 연락도 없이 늦으면 남겨 놓지 않는다.

생일이나 어버이날이 다가오면 아이가 뭘 선물해 줄까, 혼자 기대하지 않았다. 대신 뭘 해 줄 거냐고 대놓고 물어본다. "돈 없고 바쁠 테니 그냥 넘어가도 된다"는 말은 해 본 적이 없다. 과자 한 봉지라도 좋으니 꼭 사 달라고 했다. 언젠가는 정말 까만 비닐에 내가 좋아하는 과자 두 봉지만 덜렁 사온 적도 있다. 러시아산 캐비아라도 먹는 것처럼 나는 히히거리며 맛있게 먹었다. 비싼 선물보다 기억하는 마음이 훨씬 중요하기 때문이다.

아들이 가사 일을 잘하고, 식탁 마무리를 깨끗이 하고, 선물을 챙기는 건 하루 이틀 가르쳐서 된 일이 아니다. 내가 오랫동안 맞벌이를 하면서 남자의 경쟁력에 대해 숙고한 결과다. 돈 잘 버는 것만큼 성실한 것만큼, 살림 잘하고 상대방을 다정하게 배려한다는 건 엄청난 장점이다. 특히 나중에 결혼을 한다면 그 진가를 톡톡히 발휘할 것이다. 아내한테 완전 사랑받는 남편이 될 테니까. 혹시나 생활력 강한 여자를 만나 본인이 육아와 살림을 맡는다 해도 끄떡없을 것이다.(여기저기서 사위 삼고 싶다는 아우성이 들리는 것 같다. 내 착각인가?)

본성을 숨기고 남편이나 자식을 위해 뒤로 물러서 봤자, 아무도 알아주지 않는다. 엄마는 원래 그런가 보다 생각한다. 내 후배 세대는 남편과 양성 평등하게 살았으면 좋겠다. 일하는 여성들이여, 어디서든 뭘 하든 남편과 동등한 대우를 요구해라. 똑같이 생계의 짐을 나눠 멨으니, 권리도 의무도 똑같이 나눠라. 살림과 육아를 맡은 전업주부들이여, 당당해져라. 가사 노동은 집에서 노는 것이 아니다. 움츠리지 말고 체력이든, 취미든, 부업이든 비장의 칼을 갈면서 때를 기다려라. 아이들은 금세 크고, 남은 인생은 길다.

희생하고 물러서고 양보하는 엄마로 살기 싫다. 생기 넘치고, 하고 싶은 거 많고, 도전하는 엄마로 살고 싶다. 엄마가 돼서 너무 이기적인 거 아니냐고? 그럼 좀 어떤가. 내가 좋아하는 헬렌 니어링은 그런 면에서 일찍이 '이기적인' 삶을 실천해 온 현명한 여성이다. 〈소박한 밥상〉에 쓴 구절을 모든 후배 여성과 공유하고 싶다.

"만약 지금 당신이 다른 어떤 것을 하는 것이 너 나은데도 그 일을 하고 있다면, 그 일은 바로 '고역'일 뿐이다. 나는 요리보다는 좋은 책 읽기(혹은 쓰기), 좋은 음악 연주, 벽 세우기, 정원 가꾸기, 수영, 스케이트, 산책 등 활동적이고 지성적이거나 정신을 고양시켜 주는 일을 하고 싶다. 음식 만들기에는 시간을 최소한 투자하고, 밖으로 나가든지 음악이나 책에 몰두하고 싶다."

헬렌 할머니, 어쩜 그렇게 내 맘이랑 똑같나요.

나는 강한 부모일까, 친구 같은 부모일까

청소년 드라마는 어느 시절에도 인기가 좋다. 내가 그 나이일 때는 〈사랑이 꽃피는 나무〉에 미친 듯이 몰두했다. 아들이 수능시험을 마쳤을 당시에는 〈학교〉가 드라마의 대세였다. 본방을 놓친 우리는 주말에 과자를 사다 놓고 1편부터 몰아보기를 했다. '학교'는 우리 모두가 거쳐 온, 어찌 보면 순수하면서도 일그러진 사회의 축소판이다. 이미 까마득하게 그 세월을 건너왔는데도 내가 학생이 되어 교실에 앉아 있는 것처럼 드라마에 빠져들었다.

그중 한 에피소드를 보는데, 나도 모르게 슬며시 아들 눈치가 보였다. 누군가 전교 1등에게 물었다. 왜 외고생이라고 속이면서까지 대치동 학원 특별반을 다녀야 했는지. 이유는 단순했다. 자기네 집안사람들이 전부 서울대학교 출신이라 자기도 꼭 가야 한다는 거였다. 입술을 비죽거리며 덧붙이는 말이 가관이었다.

"똥 밟은 거지, 뭐!"

자라는 동안 때때로 아들 역시 '똥 밟았다'는 생각을 했는지도 모른다. 부모가 잘나면, 아이가 본인들과 다른 것을 이해하지 못한다. 부모가 똑똑하면, 아이가 웬만큼 잘해도 만족할 줄 모른다. 부모가 강하면, 부지불식간에 칭찬보다 훈계를 더 많이 하기 마련이다.

잘나고 똑똑한 부모 범주에 드는 우리도 크게 다르지 않았다. 아이가 어릴 때는 예의를 몹시 따지며 엄격하게 굴었다. 있는 그대로의 아이를 존중하기보다, 더 많은 능력이 발휘되기를 기대하곤 했다. 마치 초능력을 감춘 슈퍼맨이라도 키우는 것처럼 말이다.

223

게다가 편집자를 엄마로 두고 산다는 건 그리 만만한 일이 아니다. 늘 책을 끼고 살면서 세상일을 다 아는 현자처럼 굴었으니 말이다. 교양 넘치는 우산 밑에서, 어디 피할 데도 없이 관심 받는 외동아들로 자라기란 결코 쉽지 않았을 거다. 무의식중에, 아니 어쩌면 제 살 길 찾느라 공부 쪽과는 거리를 두었을지도 모른다. 아예 부모가 잘 모르는 엉뚱한 방향으로 진로를 틀어 버린 것일 수도 있다.

어찌 보면 안됐다. 부모가 뒤로 물러서서 적당히 한쪽 눈을 감아 주었더라면, 훨씬 으쓱대고 잘난 척하며 컸을 텐데. 이경미 영화감독도 그랬던 걸까. 〈잘돼가? 무엇이든〉에서 이렇게 고백한다.

"아빠한테 나를 증명하는 일은, 세상에 나를 증명하는 일보다 늘 어려웠다."

새까맣게 높은 알프스 같은 부모를 차츰차츰 기어올라 마침내 정복의 깃발을 꽂을 때. 그제야 자식은 진정한 어른이 된다. 부모가 낮고 완만한 언덕일수록 자식은 보다 빨리 올라선다. 그런 다음에야 좀 더 거대한 산을 찾아 도전의 눈을 돌릴 수 있는 거다. 강하고, 똑똑하고, 늘 앞에서 리드하려는 부모 밑에서 자라면 자식의 성장이 더딜 수밖에 없다.

자식과 맞서는 것이 아니라 지고 들어가는 것이 현명한 부모다. 성인이 된 자식이 선택한 사랑, 결혼, 직업 등이 마음에 안 든다고 어깃장을 놓는 것처럼 바보 같은 짓이 없다. 자식은 피가 섞여 있긴 해도 같이 사는 손님이라고 생각해야 한단다. 손님이 하고 싶다는데, 아무리

주인이라도 막아설 권리가 없다.

소설가 장강명의 에세이 〈5년 만에 신혼여행〉을 읽었다. 사회의 통념에서 벗어난 자식 캐릭터에 큰 매력을 느꼈다. 부모가 반대하니 아예 결혼 사실을 알리지도 않았다. 둘이만 잘 살기로 결정한 뒤에는 바로 정관수술을 받았다. 그는 한국 부모들이 공통으로 갖는 문제에 대해 속이 시원할 정도로 일갈한다.

"자식들의 인생에 과도하게 간섭하는 것. 자식이 타인임을 인정하지 못하는 것. 자식들의 인생에 영향을 미치기 위해 정신적인 폭력을 서슴지 않는 것."

그런 간섭과 폭력은 절대로 사랑이 아니다. 부모의 안락한 감옥에 갇혀 있는 한, 자식은 어른이 되지 못하고 영원히 애완동물로 살 수밖에 없다. 자식이 부모 뜻을 거스르며 감옥을 박차고 나갈 때는 부디 노여워하거나 슬퍼하지 말자. 드디어 집을 떠나 모험을 해도 될 만큼 다 성장한 거라고 샴페인이라도 마실 일이다.

항상 위에서 내려다보는 강한 부모보다, 옆에서 바라보며 친구처럼 구는 부모가 훨씬 낫다. 다만 착각해서는 안 된다. 아무리 격의 없다 해도 부모와 자식은 친구지간이 아니다. 친구는 서로 동격이니 한쪽이 약하거나 못난 짓을 해도 괜찮다. 어떤 부모는 자기 처지를 까먹

225

고 마치 친구라도 되는 양 자식에게 염치없이 의지한다. 봐달라고 칭얼대거나 자식보다 더 철없이 군다. 부끄러운 줄 알라.

내 생각에 적어도 부모라면, 어린 자식이 언제든 어깨를 짚고 일어날 수 있도록 지지대 역할을 해 줘야 한다. 자식이 성장하는 동안 때로 길을 잃고 숲을 헤맬 때는 제대로 된 방향을 일러줘야 한다. 중요한 갈림길 앞에 서 있을 때는 진심을 다해 사려 깊은 조언을 해 줘야 한다. 친구라면 방관하거나 내버려 둬도 큰 빚이 없다. 하지만 부모는 평생의 멘토로서 자식에 대한 의무와 책임을 다해야 한다. 다가설 때와 물러설 때를 잘 알아야 한다는 말이다.

나이 들수록 자기도 모르게 약해지는 것이 인간이다. 그럼에도 나는 인생 선배로서 꿋꿋하고 의연한 삶의 자세를 유지하고 싶다. 자식을 앞에 둔 채 못나고 비굴하고 약한 면을 거리낌 없이 보이기 싫다. 설사 위급한 상태를 맞는다 해도 한 인간으로서 존엄과 품위를 저버리고 싶지 않다. 어릴 때 일기장 한 귀퉁이에는 이런 말이 적혀 있었다.

"내일 종말이 와도 나는 오늘 한 그루의 사과나무를 심겠다."

그때는 아무리 머리를 굴려 봐도 무슨 의미인지 어

렴풋했다. 죽기 전에 왜 사과나무를 심는다는 거지? 이
제는 알 것 같다. 당장 내일조차 어찌될지 모르고 사는
연약한 동물. 그러니 더더욱 오늘을 충실히 살아야 강철
같은 인간의 자격이 주어지는 것이다. 그런 인간으로, 부
모로 끝까지 살고 싶다. 옆에서 보고 자란 자식 또한 우
는 게 아니라 그저 묵묵히 사과나무를 심었으면 좋겠다
고 희망하면서.

자식과 함께 노는 기쁨을 아시나요

"엥? 아들을 팼다고?"

톡톡 튀는 에세이로 베스트셀러를 터뜨리던 김정운 작가가 한 매체에 칼럼을 썼다. 제목부터 단박에 내 눈길을 끌었다. 아버지가 다 큰 아들을 팼다는 것이다. 짧은 글이지만 남자로서 솔직한 고백이 담겨 있었다. 뿐만 아니라 애비로서 대단한 성찰을 내보였다.

계급으로 아들을 짓누르려던 중년의 아버지. 그렇지만 이미 힘으로 밀리는 수컷. 그제야 깨달은 것이다. 세상의 모든 아들은 아버지를 들이받게 되어 있으며, 그게 바로 '문명사적인 딜레마'임을. 드디어 껍질을 깨고 알에서 튀어나가는 순간이기에 현명한 아버지라면 수긍하고 박수를 보내야 한다. 그렇지 못하면 아들을 패면서 두고두고 후회막급한 '쪽팔림'을 경험한다는 내용이었다.

말없이 반항하는 사춘기 아들 녀석 때문에 마음고생을 하던 때 이 칼럼을 읽었다. 천하에 남부러울 것 없어 보이던 작가의 '찌질한' 고백은 참으로 위로가 되었다. 나보다도 남편이 읽으면 훨씬 더 도움이 될 것 같아 바로 메일로 보내 주었다. 특히 '차범근과 차두리 부자'를 부러워하며 쓴 마지막 문장이 백미였다.

"축구공이다. 이들에겐들 어찌 갈등이 없었을까. 그러나 즐겁고, 재미있는 일을 공유하는 부자에겐 갈등의 내용도, 그 해결 방식도 다른 것이다. 생각해 보니 그렇다. 내 아들이 아주 어릴 때를 제외하곤, 나와 내 아들이 함께 즐겁고 행복했던 기억은 별로 없다. 받아들이기 참 어렵지만 인정해야 한다. 자업자득이다!"

세상의 많은 아버지들처럼 남편도 그랬다. 서너 살 어릴 때는 주저 없이 목말을 태워 동물원에 놀러 갔다. 목욕탕에 데리고 가는 게 깨알 같은 즐거움이었다. 초등학교 시절엔 그나마 운동장에서 캐치볼을 하거나 함께 축구공을 찼다. 그런데 머리가 커 갈수록 고유한 자기 세상이 생기면서 아들과 아버지 사이에 공통의 화제가 사라지고 말았다. 그저 식탁에 앉아 밥이나 같이 먹는 게 서로 얼굴을 보는 유일한 시간이었다.

자식을 키운다는 건 거저 되는 일이 아니다. 충분한 시간을 투자해야 하고, 무엇보다 나름의 철학이 필요하다. 그런 것들을 내 부모한테 받고 자라서 저절로 배웠다면 커다란 축복일 것이다. 아무런 부모의 은덕도 보지 못한 사람은 어떻게 하냐고? 뭘 어떻게 하는가. 본인이 받고 싶었던 것을 얼마든지 내 자식에게 베풀면 되는 거지.

냉철히 과거를 돌아보자면 남편에게는 경험과 시간과 철학이 부족했다. 생각은 많았어도 표현하거나 실천하는 걸 주저했는지도 모른다. 어린 아들과 단 둘이서 캠핑을 하거나 여행을 떠나 본 적이 없다. 무슨 생각을 하는지 서로 잘 알지 못했고, 굳이 알려고 다가가지도 않았다. 그저 닝닝한 미숫가루 같은 부자지간이었다.

만약 남편이 먼저 자기 마음과 태도를 바꾸지 않았다면 어땠을까. 아들은 계속 아빠의 진심을 모른 채 살았을 거다. 아빠는 아들과 끈끈한 정을 맺지도 못하고 죽었겠지. 평생을 뻣뻣하게 살아오신 시아버지가 병이 들면서 나약해지셨다. 그제야 자식에게 마음을 열고 의

지하셨다. 옆에서 지켜보던 남편 마음에 온기가 돌았다. 아들한테 바짝 고개를 세운 뱀 같았던 '부성'이 자기도 모르게 말랑해졌다고 할까. 자식 앞에 세울수록 손해요, 가장 무용한 것이 자존심이다. 만약 자식과 사이가 좋지 않다면, 90퍼센트는 부모의 잘못일 가능성이 높다.

아빠의 태도가 변하는데 아들이 무슨 수로 혼자 고집을 부릴까. 사춘기를 벗어나 철이 들면서 아들의 마음에도 봄바람이 불었다. 재수 기간까지 합쳐 2년여 동안 꾸준히 지하철역으로 마중 나오는 아빠의 진심을 알아차렸다. 아빠는 가르침이나 훈계가 아닌, 아들과 재미나게 대화하는 법을 깨우쳤다. 부자지간에 가로놓였던 냉냉한 얼음벽이 다 녹아내렸다.

요즘 부자는 '차범근과 차두리 저리 가라'다. 둘 사이에 축구공 대신 셔틀콕이 자리 잡았기 때문이다. 남편과 나는 4년 전부터 배드민턴에 빠져들었다. 동네 클럽에 가입해서 일주일에 세 번 정도 새벽 운동을 한다. 토요일 오전이면 오랜 친구들과 만나 일주일간 배운 기술을 자랑하며 라켓을 휘두른다. 세 시간 정도 흠뻑 땀을 뺀 뒤 맛있는 점심을 먹고, 커피를 마시며 수다를 떤다. 이 주말을 위해 5일의 노동을 꾹 참은 게 아닌가 싶을 만큼 우리에겐 생활의 기쁨으로 자리 잡았다.

부모가 부산을 떨며 새벽부터 왔다 갔다 하는 게 재미있어 보였나. 아들이 자기도 배드민턴을 배워 보겠다며 따라나섰다. 같은 클럽에 가입해서 막내 회원 노릇을 열심히 하고 있다. 토요일 친구 모임에도 가끔 동행해서 아빠 친구들과 격의 없이 어울려 논다. 지난해 두 번 열린 지역 배드민턴 대회에는 아빠와 복식 팀을 이뤄 나가기도 했다. 실수한 아버지 얼굴을 보며 괜찮다고 웃고, 잘했다며 아들 엉덩이를 두드려 주는 부자의 모습이 참 보기 좋았다.

남편은 동네 마라톤 클럽 회원이기도 하다. 그러다 보니 친한 후배나 술친구가 많다. 종종 부자가 함께 나가 가볍게 맥주를 한잔하거나, 아저씨들과 섞여 삼겹살을 구워 먹고 들어온다. 내가 늦는 날에는 둘이서 맛있는 음식을 잔뜩 차려 놓고 샘나게 사진을 찍어 보낸다. 혹시라도 아빠가 술에 취해 잠 들었다는 전화를 받으면 아들은 지체 없이 차를 갖고 모시러 나간다.

젊은 청년이 나이든 아저씨들과 어울리는 게 뭔 재미가 있겠냐마는 나는 왠지 마음이 놓인다. 형제가 없고 사촌은 멀리 살아서 외롭기 그지없는 아들이 동네에 '아는 삼촌들'이 많아져서 좋다. 일종의 '사회 안전망'이랄까. 오며가며 들르는 단골 식당이 있고, 길 가다 아는 얼굴을 자주 만나서 반갑다. 가족이 모두 아는 공통의 인물과 이슈가 있으면 절로 화제가 풍성해진다.

그럼 모자지간은 어떤가. 나와 아들 사이에는 3년 전부터 '일본어'라는 공통점이 생겼다. 일본 애니메이션을 즐겨 보던 아들 먼저 귀와 입이 트였다. 내가 동네 복지관의 일본어 교실을 다니며 열심히 따라붙어서 지금은 실력이 엇비슷하다.

작년에는 홋카이도 삿포로에 숙소를 얻어 한 달간이나 머무는 용기를 냈다. 중간에 아들이 합류해서 일주일 동안 엄마와 함께 지내기로 계획을 짰다. 숙소 가까운 공항버스 정류장에 내리는 아들을 보는 순간, 꿈인지 생시인지 눈물이 핑 돌 정도였다. 오십 넘은 엄마가 한국이 아닌 외국의 도시에서 아들을 마중하다니! 일본어를 처음 배울 때는 내 인생에 이런 기적 같은 순간이 오리라고는 미처 짐작조차 하지 못했다.

취향이 비슷한 우리 모자는 맛있는 것을 먹고 좋은 전시를 구경했다. 둘 다 대충 일본어가 통하니, 여행하는 데 별 어려움이 없었다. 엄마를 배려하는 마음이 강해서, 진심을 말하자면 남편과 둘이 하는 여행보다 훨씬 편했다. 심기가 불편하거나 다툴 일이 없었다. 아마도 그래서 다 큰 자식과 함께하는 여행이 나이든 엄마들의 로망이 된 걸지도 모른다.

자식과 같이 노는 즐거움, 이건 직접 경험해 보지 않으면 모른다. 그 기쁨을 터득한 것만으로도, 부모로서의 낙은 충분하고도 넘친다. 제발이지, 부모에게 주어진 금쪽같은 선물을 놓치는 일이 없기를.

일하는 엄마가 자식에게 줄 수 있는 것

"얘, 큰일 났다. 어쩌면 좋니."

시어머니가 떨리는 목소리로 전화를 하셨다. 여간 해서는 일하고 있는 시간엔 며느리에게 전화를 하지 않 던 분이다. 아이가 없어졌다는 거다. 초등학교에 입학한 지 3개월 정도 흘러서, 더 이상 하교 버스 정류장으로 마 중을 나가지 않았다. 거기서 200미터쯤 떨어진 할머니 집까지 걸어오면 되는데, 그 사이 어딜 갔다는 말인가.

조금만 기다려 보시라고 하며 일단 전화를 끊었다. 한창 편집회의를 하던 차라 길게 통화조차 할 수 없었다. 하지만 그때부터 머리 속의 뇌도, 가슴 속의 내장도 제멋대로 꿀렁대기 시작했다. 잠깐 회의실을 빠져 나와 우선 담임에게 연락을 했다. 틀림없이 아이가 버스에 올라타는 것을 봤단다. 같은 반 친한 친구 엄마에게 전화를 해봤다. 그 집 애는 일찌감치 집에 도착했다고 한다. 아직 어려서 만화방이나 PC방도 모를 때였다. 가슴이 콩닥거리면서 별별 끔찍한 생각이 다 들었다.

두 시간쯤 마음을 졸이다가 아무래도 조퇴를 해야 겠다고 맘먹은 순간 다시 전화가 왔다. 아이를 찾았다는 것이다. 안도의 한숨을 쉬자마자 나도 모르게 목소리가 높아졌다.

"대체 어디에 가 있었대요?"

하교 버스 맨 뒷자리에 앉은 채 아이가 그만 잠든 것이다. 백미러로는 조그만 아이가 보이지 않았나 보다. 운전기사는 평소처럼 마지막 학생을 내려 줄 때까지 사방팔방 돌아다녔다. 다시 학교로 돌아와 쉬다가 빗자루를 들고 차에 올랐더니, 웬 아이가 누운 채 자고 있더란다.

가벼운 해프닝으로 끝나긴 했지만 두 시간 동안 지옥이 따로 없었다. 만약 내가 집에 있는 엄마였다면 어떻게 했을까. 얼른 차를 운전해 학교에 가 보거나, 동네를 샅샅이 뒤졌을 것이다. 바로 운전기사와 연락해서 아이가 제대로 내렸는지 기억해 보라고 닦달했을지도 모른다. 그랬다면 더 빨리 아이를 찾았을라나. 이렇든 저렇든 마찬가지였을까.

결과적으로 이 사건은 내 커리어에 영향을 끼쳤다. 당시 책임편집을 맡아 진행하던 책이 힘겨웠다. 회사를 그만둘 상황까지는 아니었지만, 울고 싶은데 제대로 뺨 맞은 격이랄까. 당분간 아이를 곁에서 보살피고 싶다는 명목을 앞세워 덜컥 사표를 냈다. '당분간'은 고작 1년 밖에 가지 않았다. 아이만 지켜보면서 사는 거에 만족할 수 없구나. 내가 어떤 엄마인지 또 한 번 톡톡히 깨달은 시간이었다.

다시 회사에 나가기 시작하면서 아예 마음을 고쳐 먹었다. 내 체질은 워킹맘으로 살 수밖에 없다. 그러니 아이를 하나하나 챙기고 보살피지 못한다. 아이에게 정성을 쏟지도 못하면서 과도한 기대 같은 건 하지 말자. 엄마가 곁에서 신경 쓰는 만큼 성과가 나타나는 것이 현재의 교육 시스템이니까. 내가 아무리 발버둥 쳐도 그쪽은 못 따라간다. 어떻게 사람이 온전히 일에 집중하면서 아이도 빈틈없이 잘 키우나.(물론 그런 슈퍼우먼 엄마도 많긴 하다만.)

그렇다면 일하는 엄마가 아이한테 줄 수 있는 혜택은 뭘까. 돈? 언뜻 생각하면 부자 부모들은 자식을 키우기가 한결 쉬울 것 같다. 원하는 대로 다 해 주면 되니까. 마음과 달리 차마 형편이 안 돼서 못 해 주는 부모 마음은 얼마나 쓰라릴까. 하지만 말콤 글래드웰은 〈다윗과 골리앗〉에서 말한다. "안 돼, 못 사"보다 "안 돼, 안 사" 쪽이 훨씬 힘들다고. 못 사는 것은 단순한 이유지만, 안 사는 것에는 대화가 필요하다.

그러기 위해서는 부모에게 정립된 가치관이 있어야 한다. 논리적으로 아이가 이해하고 납득하도록 설득해야 한다. 말처럼 쉽지 않은 일이다.

돈은 아이를 게으른 속물로 만드는 최고의 지름길일 뿐이다. 나는 대체로 책값, 문화 향유 비용, 식비에만 안달을 떨지 않았다. 아들이 철 든 이후로는 '무노동 무임금 원칙'에 입각해서, 집안일을 한 만큼 용돈을 주었다. 새로 사 줄 법도 한 통학용 자전거는 앞집 형이 타던 낡은 걸 얻어다가 안장만 바꿔 줬다. 관심을 갖고 "혹시 필요한 게 있니?" 하고 묻긴 했지만 미리 알아서 사 주진 않았다. 뭘 권했는데 싫다거나 필요 없다고 하면 두 번 다시 채근하지 않았다.

다행히 아들은 검소한 편이며 돈 쓸 데를 가릴 줄 안다. 딴 건 잘 모르겠지만, 싸구려 옷을 입고도 남의 눈치를 보지 않는 당당한 청년으로 살고 있다. 돈의 노예가 되어 막 벌려고 애쓰는 것 같지도 않다. 욕심과 소비를 줄이고, 대신 덜 벌면서 맘 편히 살겠다는 게 나름의 생존 전략이란다.

'시간'은 어떨까. 내가 옆에 붙어 있지 않으니 아이의 일거수일투족을 알지 못했다. 중학교 때는 영어 학원을 땡땡이 쳐서 게시판에 이름이 붙었다고 아는 엄마가 제보를 해 줬다. 왜 빠졌냐고 야단을 치기보다 그날로 즉시 학원을 끊었다. 억지로 하는 건 아무런 의미가 없다고 보았다.

촘촘히 시간표를 짤 능력이 없는 엄마 덕분에 숨통은 좀 트였을까. 그 덕분인지 세상에 급한 것 없고, 느긋하며, 긍정적인 성격의 소유자가 되었다. 주말엔 자정이 넘도록 불을 켜 놓고 그림을 그리거나 딴짓을 한다. 일하러 나갈 때 깨워 본 적이 없으니 자유 시간에 뭘 하든지 상관할 바가 아니다.

일하는 엄마가 자식한테 줄 수 있는 가장 큰 혜택은 다름 아닌 '독립심'이다. 아들은 자라면서 어쩔 수 없이 혼자 결정하고 해결할 일이 많았을 거다. 나는 아이 일에 참견할 의지나 여유가 별로 없었다. 일일이 해 줄 수 없다면, 차라리 본인에게 맡기는 것이 낫다고 생각했다.

모임에 나온 다른 엄마들 전화가 불이 날 때도 내 전화만은 조용했다.(가끔 섭섭할 정도였다.) 열흘 넘게 부부

가 함께 여행을 갔는데, 잘 도착했냐는 안부 문자 외에
는 뭘 물어보는 일이 없었다.(잘 지내고 있냐고 물어보는 쪽
은 늘 부모였다.) 한 달간이나 엄마가 집을 비웠지만 끄떡
없이 의식주를 해결하면서 즐겁게 살았다.(이건 남편도 마
찬가지다.) 주부인 내가 식구들 걱정 없이 긴 출장을 떠나
고, 언제든 맘 편하게 훌쩍 떠날 수 있는 비결이다.

고등학교 때까지는 교복을 빨아 줬다. 하숙을 하
고 군대를 다녀온 후부터 자기 옷 빨래는 알아서 챙긴
다.(한꺼번에 편하게 세탁하려고, 비슷한 디자인의 까만색 옷만
입는다.) 부모가 벗어 놓은 운동복이 물에 담긴 채 있으면
같이 세탁기에 넣어 돌린다.(건조대에 얌전히 널고 반듯하게
개켜 놓는다.) 설거지는 주로 내 담당인데 자꾸 밀려서 냄
새가 나는 게 싫었나 보다. 식기세척기를 사자고 강력하
게 주장했다. 그 뒤로 싱크대에 더러운 식기가 쌓여 있는
일이 사라졌다.(나는 아직까지 세척기를 어떻게 조작하는지 잘
모른다.)

아들은 복학하고 나서 1년쯤 더 다니던 대학을 자퇴
했다. "일단 휴학을 하고 생각해 보지 그러니?" 말할 시
간도 없게 혼자 결정해 버렸다. 졸업을 안 함으로써 사회
에서 받게 될 손해나 어려움은 알아서 감수한단다. 대신
그 시간을 이용해 대학교에서 가르치지 않는 새로운 그
림 기술을 배우겠다고 한다. 대학에 들어가기 위해 쓴 학

원비며 시간을 따져 보니까, 또 본전 생각이 난다. 쩝, 뭐라도 교훈을 얻었다면 그저 공돈을 쓴 건 아니겠지.

스무 살도 훨씬 넘은 성인이니 본인 인생의 방향은 알아서 결정하게 돼야 한다. 우리는 그저 방만 하나 내줄 뿐, 같이 밥이나 나눠 먹을 뿐이다. 지구를 구하고 나라에 헌신하는 큰 인물이 되면 좋겠다는 소망은 일찌감치 버렸다. 부모도 그렇게 못 살아 놓고 자식한테 바라면 쓰나. 그저 주위 사람들에게 폐 안 끼치고, 약한 사람들 돕고 살면 족하다. 적당히 먹고 살 만큼 일하면서, 시간이 많은 어른으로 살면 좋겠다.

부모로서 잘못하고 있는 건 아닐까. 옆에서 살뜰히 보살펴 줘야 하지 않을까. 돈과 시간을 충분히 주지 못해 어쩌나. 이런 죄책감에 빠진 부모에게 위로가 되는 책이 있다. 주디스 리치 해리스가 쓴 〈양육가설〉이다. 벽돌만큼 두껍지만 읽어 볼 만한 가치가 충분하다.

"양육이란 섹스가 그렇듯 고생스럽게 여길 일이 아니다. 진화는 우리에게 채찍만이 아니라 당근도 줬다. 자연은 인간이 어떤 일을 하도록 유도하기 위해서 그에 걸맞은 기쁨과 만족감을 보상으로 제공한다. 양육이 힘겹고 어렵기만 한 일이라면 침팬지들이 그 일을 견뎌 낼 수 있겠는가? 부모란 양육을 즐길 수 있는 존재다."

전업주부든 워킹맘이든 아님 아빠든, 자식 키우면서 과도하게 걱정하거나 스트레스를 받지 말았으면 한다. 세상 모든 동물들이 기꺼이 해 내는 일을 왜 인간만이 울고 소리 지르고 고통스러워 할까. 뭐가 그리 부담스럽고 뭘 그리 미안해하는가. 자식을 향한 부모의 바람이 소박할수록 그만큼 고민도 줄어든다. 그 진리를 하루라도 빨리 깨닫는 사람이 좋은 부모가 될 확률이 높다.

혼자서 꿈꿔 보는 아들의 결혼식

27년 전, 남편과 나는 평일 낮에 결혼식을 올렸다. 수요 243
일이었나. 대개는 하객들 편의를 위해 주말로 날을 잡는
다. 손 없는 날을 따져서, 길일에 식장 예약이 몰리기도
한다. 우리는 할인이 많이 되는 예식장의 빈 시간을 골
랐다. 그런 시간을 잡았어도 대충 올 만한 사람은 다 얼
굴을 내밀었다. 우리 결혼식만 달랑 있어서 한가롭고 조
용했다. 특히 회사 동료들이 엄청 좋아했던 기억이 난다.
합법적으로 오후 일을 접고 종로에서 잠실까지 나들이
를 온 것 같다나.

별 고민 없이 그렇게 날을 잡은 이유는 단순했다. 결혼식이라는 세리머니를 그리 중요하게 생각하지 않았다. 평생에 한 번뿐일지 모른다고? 인간이 살면서 평생에 한 번이 아닌 게 뭐가 있을까. 우리의 매일매일은 다 한 번뿐이다. 둘이 잘 살면 되는 거지, 사람들 앞에 서서 보여 주고 광고하는 형식에 휘둘리고 싶지 않았다. 실은 일주일 휴가를 받아 신혼여행을 다녀올 수 있다는 게 식을 올린 가장 큰 목적이었는지도 모른다.

하긴 돌아보면 아쉬운 구석은 남아 있다. 이왕 하는 결혼식이니 조금만 신경을 쓰고 고집을 피웠더라면 좋았을 텐데.

첫째, 길게 늘어지는 화려한 웨딩드레스를 괜히 빌렸다. 살짝 종아리를 덮는 단순한 디자인의 원피스를 사 입을걸. 신부가 몸을 돌릴 때마다 드레스 자락을 펴겠다고 웨딩 도우미가 하객 앞을 왔다 갔다 하는 건 아무래도 이상하다.

둘째, 만약 옷이 간편했더라면 혼자 신부 대기실에 얌전히 앉아 있지 않았을 텐데. 나도 신랑처럼 부모님 옆에 나란히 서서, 하객들한테 발랄하게 인사하면 좀 좋은가. 무슨 비밀 프로젝트도 아니고 신부만 조신하게 숨어 있다가 선물 포장 뜯는 것처럼 짠하고 나타나는 게 우습다. 양성 평등에도 어긋나는 일 같다.

셋째, 성인이 되기까지 나는 엄마의 사랑과 영향을 훨씬 더 많이 받았다. 이 나이 되도록 큰소리를 내거나 말다툼 한번 한 적 없는 다정한 모녀지간이다. 완고한 아빠의 역정을 막아 주면서 딸만큼은 자유롭게, 능력 있게 살 수 있도록 지원해 준 건 엄마다. 그런데도 아무 생각 없이 남들처럼 아빠 손에 이끌려 식장에 들어가 남편 곁에 섰다.

남들과 조금이라도 다르게 하려면 귀찮은 걸 각오해야 한다. 훨씬 더 신경을 쓰고 에너지를 쏟아야 한다. 결혼식 올리는 것도 귀찮아서 대충대충 결정한 마당에 다른 방식을 고집할 만큼 정신적인 여유가 없었다. 얼른 신혼여행이나 가서 우리끼리 푹 쉬고 싶었다.

친정아버지는 환갑 때 잔치를 열고 싶어 했다. 작은 호텔의 홀을 빌려서 친척들 모시고 성대하게 치렀다. 악단 불러서 춤추고 노래하고 뷔페 먹는, 으레 보던 정신 없는 행사였다. 어른들은 그렇게 해야 좋아하고 잔치 밥을 얻어먹었다고 생각한다나.

시댁 부모님의 합동 칠순 행사는 남편과 내가 여유를 갖고 직접 준비했다. 조용한 장소를 빌려서 음식은 어쩔 수 없이 뷔페를 주문했지만, 형식은 완전히 달랐다. 최소한의 부모님 친척들만 모셨다. 노래를 부르기보다는 한 분씩 부모님과의 추억과 소회를 얘기해 달라고 부탁 드렸다. 다들 기다렸다는 듯이 좋은 한마디씩을 해주셨다. 흑백 결혼식 사진부터 시골에 사는 현재의 모습까지, 두 분 삶의 역사를 찬찬히 돌려 봤다.

국악을 전공한 조카에게 부탁해서 대금과 가야금 연주자, 창을 하는 전문가를 초청했다. 다 같이 어깨춤을 추고 추임새를 넣으면서 흥겨운 공연을 즐겼다. 손주들은 모두 편지를 써 와서 차례대로 읽었다. 시끄럽거나 어수선하지 않고도, 다복하게 살아온 두 분을 진심으로 축하하는 분위기가 무르익었다. 이런 게 진짜 잔치가 아닐까.

시아버지는 몇 년 전 돌아가셨고, 어머니는 시골에서 건강하게 살고 계시다. 올해 맞은 팔순 생신은 시어머니가 다니는 자그마한 절에 모여서 다 같이 불공을 드리는 걸로 끝냈다. 소박한 절밥을 먹고 나서 준비해 간 케이크를 신도들과 나눠 먹었다. 자식과 손주들, 게다가 오랜 도반들에게 둘러싸여 축하를 받으니 정말 행복하다고 좋아하셨다. 어머니가 원하고 좋아하시니 매년 그렇게 해 볼 생각이다.

앞으로 내가 치러야 할 큰 행사가 남아 있다면 아들의 결혼식 정도? 물론 지금으로선 결혼을 할지 안 할지

조차 알 수 없다. 또한 결혼은 혼자 하는 게 아니니 양쪽 집안의 합의가 필요하다. 어쩌면 아이 이름을 지어 놓는 것과 비슷하지 않을까? 미리 이런저런 생각을 해 두면 막상 일이 닥쳐서 아들이 조언을 구할 때 내가 품은 의견을 잘 전할 수 있을 것 같다. 나 혼자서 몰래 마시는 김칫국이니 누가 뭐라고 할까. 몇 번이나 계획을 수정해도 돈 한 푼 안 드는 일이다.

우선 결혼식에 초대할 손님은 50명을 넘기지 않을 거다. 50명의 기준이 뭐냐고?(마침 2.5단계 코로나 정국에도 결혼식 하객을 50명으로 제한했다.) 아들이 태어나서 성인이 될 때까지, 자라 온 과정을 모두 지켜본 사람들 중에서 선별한다. 그러니 현재 나와 친하게 지내는 지인이라도 내 아들을 모르면 초대 받지 못할 확률이 크다.

그 정도의 하객이 편안하게 앉을 공간을 확보한다. 주례 없이 신랑 신부의 부모가 돌아가며 인사를 한다. 예전부터 결혼식 주례를 따로 두는 게 마음에 들지 않았다. 자식을 제일 잘 알고 키워 온 부모가 있는데 왜 다른 사람이 그 자리를 대신하는가. 말을 잘하든 못하든 그런 건 상관없다. 부모들이, 특히 엄마들이 나서서 한마디씩이라도 좋으니 진심을 담으면 그만이다. 하객이 얼마 되지 않으니까 그들에게도 마이크를 돌리면 좋겠다. 신랑 신부와 관련된 작은 추억거리가 여기저기서 등장하면 얼마나 재미날까.

예물 따위는 안중에도 없었는데 〈바람이 수를 놓는 마당에 시를 걸었다〉를 읽고는 생각이 달라졌다. 시인 농부 공상균 부부가 며느리에게 주려고 고른 선물은 의미 깊고 근사했다. 전통 회화로 모란과 나비를 그려 넣은 느티나무 함이라니! 그렇다면 나는 자그마한 반닫이를 하나 선물해야지. 소목장이 짜고 나전장이 기러기를 새긴 반닫이에 우리가 쓴 편지를 담아 주면 어떨까. 그까짓 보석이나 현금에 비하겠는가. 그 예물의 가치를 알아주는 며느리라면 바랄 나위가 없을 텐데.

평소에도 뷔페 음식을 좋아하지 않는다. 음식의 양과 종류가 너무 많아서 골라 먹기가 힘들다. 더부룩하니 배만 부르지, 맛있게 잘 먹었다는 생각이 들지 않는다. 결혼식 같은 특별한 날에는 초밥 요리사와 국수의 명인을 섭외하고 싶다. 하객들에게 맛있는 초밥 한 접시와 따끈한 잔치 국수 한 그릇만 내는 거다. 마구 섞인 뷔페 음식보다 백배는 나을 것 같다. 거기에 약간의 와인만 곁들여도 한 끼 음식으론 충분히 만족스럽지 않을까.

화려한 샹들리에가 빛나는 고급 결혼식장. 신랑 신부 얼굴도 모른 채 의무감이나 빚을 갚기 위해 주고 가는 돈 봉투. 여유도 없이 일사불란하게 치러지는 결혼식. 식을 보는 둥 마는 둥 밥 먹으러 가기 바쁜 하객. 도떼기시장처럼 시끄럽고 정신없이 허겁지겁 먹어야 하는 식당. 그런 결혼식은 안 하느니만 못하다.

잘 자란 신랑 신부의 어깨를 두드려 주고, 잘 키우느라 수고한 부모들 손을 따스하게 잡아 주는 결혼식을 해 보고 싶다. 단 두 시간이라도, 모인 사람들끼리 유쾌하고 흥겹게 웃고 떠들 수 있는 축제 같은 시간을 갖고 싶다. 연극하는 친구들에게 부탁해서 '결혼'을 주제로 코믹 연극 한 편을 공연하는 건 어떨까. 주인공과 하객이 직접 배우로 나오는 것도 재밌겠네.

그럼, 결혼식에 초대 받지 못한 나머지 지인들은 섭섭해서 어쩌라고? 이미 내 주위에는 그 문제를 현명하게 실천하신 선배들이 계시다. 예쁜 결혼사진을 붙인 카드를 보내는 것이다. 결혼을 알리는 청첩장이 아니라, 이렇게 결혼을 잘 시켰다는 알림장이다. 내가 두 번 정도 받아 봐서 아는데 못 가서 전혀 섭섭하지 않았다. 오히려 이런 멋진 생각을 지닌 사람이 주위에 있다는 게 자랑스러웠다.

엄마가 가끔 이런 공상에 빠져서 혼자 히죽거리고 있다는 걸 아들은 알까. 아마도 이 책을 읽고 나면 지나가면서 한마디 던질지도 모른다.

"엄마! '깨몽' 하세요!"

나이 들수록 빛나는 부모로 살겠다

살까 말까 고민하다가 집어든 책이 있다. 조정진 저자가 쓴 〈임계장 이야기〉. 63세 '임시 계약직 노인장'의 노동 일지라니! 나와는 별 연관이 없을 거라 지레짐작하고 읽 기 시작했다. 계속 읽어 가지 못한 채 한숨 한 번 쉬다가, 다시 읽다가 내려놓길 여러 번. 그렇게 글을 못 썼냐고? 차라리 저자의 글 솜씨가 형편없었다면 덜 슬펐을라나.

38년간 공기업을 다녔으니, 아마도 남들 이상으로 성실하게 일했으리라. 그만하면 60세 퇴직 후에는 글 쓰 는 재능을 발휘하면서 삶의 여유를 누릴 자격쯤 충분하지 않은가. 여유는커녕 빌딩과 아파트 경비실을 오가며, 쉬는 날도 없이 매일 24시간 근무가 웬 말인가.

"나이 들면 온화한 눈빛으로 살아가고 싶었는데, 백발이 되어서도 핏발 선 눈으로 거친 생계를 이어 가게 될 줄은 몰랐다."

맨 첫 장에 퇴직할 당시의 본인 재정 상황을 적어 놓았다. 뒤늦게 몸을 혹사할 정도로 돈을 벌 수밖에 없었던 패착은 딸의 결혼 비용과 아들의 전문 대학원 학비, 그리고 집 대출금이었다. 어쩔 수 없이 써야 하는 돈이다. 아니, 어쩔 수 없다면 쓰지 않아야 할 돈이다.

맨 마지막 장에는 가족들에게 부탁의 말을 적어 놓았다. "몰랐던 것을 알게 되더라도 마음 아파하지 말기 바란다"고. 내가 그분 아내나 자식이었다면, 책을 읽으면서 피눈물을 흘렸을 것 같다.(부디 이 책이 많이 팔려서, 저자가 책상에 앉아 글을 쓰는 시간이 많이 생기길 간절히 바란다.)

251

이쯤에서 시댁 얘기를 잠깐 하고 넘어가야겠다. 시아버지는 40대 중반에 중령으로 예편하셨다. 군 조직에 오래 머물렀던 대부분의 사람들처럼 세상 물정에 어두웠다. 그래도 자식들 공부시키고 먹고는 살아야 했기에 이런저런 일들을 끊임없이 벌였다. 어머니께 듣기론 동네에 구멍가게를 열기도 했고, 트럭을 몰면서 지

방으로 물건을 팔러 다닌 적도 있단다. 결과는 다 변변
치 않았다.

남편과 결혼할 당시, 시아버지는 경비원으로 일하
고 계셨다. 격일 근무제여서 때로는 명절에 가족이 다 모
였는데, 혼자 일하러 나가실 때도 있었다. 궂은일도 마
다 않고 일하시는 게 존경스럽기도 하고 안타깝기도 했
다. 맞벌이하는 아들과 며느리가 돈을 잘 벌어서 도와드
리면 얼마나 좋았을까. 도움을 드리기는커녕 애 키우면
서 우리 가계를 꾸려 나가는 것만도 헉헉댔으니.

직장에서 은퇴를 하고 맡아 보던 손주가 어느 정도
크자 시부모님은 귀촌하기로 결심했다. 우리가 사 놓은
가평의 농가로 들어가서 전원생활을 시작했다. 그때만
해도 아직 힘이 정정하셨기에 닭을 쳐서 계란을 놓아 먹
었다. 배추를 심고 고추 농사를 지었다. 돈을 벌려고 하
는 일이 아니었기에 두 분은 건강하게 노동을 하셨다.
마을 터줏대감들과 잘 어울리면서 재미나게 지냈다. 돈
에 쪼들리며 힘겹게 살았던 도시의 나날에 비하면 참으
로 평화롭고 행복한 노후였다.

어떻게 이런 일이 가능했을까. 은퇴하고 벌이가 전
혀 없는 노인 부부가 귀촌해서 살 수 있으려면 내 생각
에 방법은 두 가지뿐이다. 벌어 놓은 재산이 많든가, 아
니면 월급처럼 일정한 생활비가 나오든가. 부모님은 큰

금액은 아니어도 생활하는 데 불편하지 않을 만큼 매달 일정한 군인 연금을 받으셨다.

제대 후에 사업한다고 목돈이 필요할 때마다 아버지는 그 연금을 깨려고 시도하셨다. 그런데 평소에는 목소리 약한 어머니가 그것만큼은 "죽어도 안 된다"며 꼭 틀어쥐고 놓지 않았단다. 부부가 늙어서 믿을 수 있는 건 집이나 자식이 아니고, 오로지 연금뿐이라고 믿었기 때문이다. 지금 돌이켜 보면 당신들뿐만 아니라 자식들을 위해서도 얼마나 현명한 처사였나.

두 아들과 두 며느리는 결혼한 이후 부모님께 특별히 해드린 게 없다. 대도시에 사는 월급쟁이로선 본인들 먹고사는 일만도 그리 녹록하지 않다. 그래도 부지런히 맞벌이를 하다 보니 어느덧 자그마한 집을 사고 아이들도 많이 자랐다. 부모님 생계를 걱정하지 않고 살기만 해도 자식들 어깨가 많이 가볍다는 걸 알았다.

젊은 시절에 잘나갈 때는 풍족하게 살기 쉽다. 중년 이후엔, 여러 가지 이유로 경제 사정이 안 좋아질 수 있다. 젊을 때야 무슨 일이든 해서 돈을 벌 가능성이 있지만, 나이 들면 벌 일은 없고 점점 쓸 일만 많아진다. 그렇게 한 번 날개가 꺾이면 늙은 새가 다시 날아오르기란 어렵다. 문제는 그런 상태로 100세가 될 때까지, 긴 시간을 꾸역꾸역 살아야 한다는 거다.

자식 교육에 '지나치게' 올인 하거나, 결혼시키면서 분에 넘치는 과소비를 하는 부모가 종종 눈에 띈다. 장성한 자식이 그런 돈을 되갚는 경우란 엄동설한에 백일홍 보는 일만큼 드물 것이다. 그대로 부모의 빚으로 남아 긴 노후 생활을 잔인하게 위협할 수 있다. 반면, 크게 노력하지 않고도 부모로부터 한 재산 물려받은 자식들이 땀 흘려 일하면서 그 부를 알뜰히 지키거나 불려나갈 수 있을지는 미지수다.

중년의 나이가 된 지금, 부모님의 노년을 지켜보면서 깨닫는 바가 크다. 우리가 결혼할 당시엔 형편이 안 좋아서 별 도움을 주시지 못했다. 부모 된 입장에서 두고두고 속이 상했을지도 모른다. 물론 우리는 그것만으로도 충분히 감사했다. 늦은 나이까지 땀 흘려 일하고 알뜰하게 살림하면서, 부모로서 최선을 다하셨기 때문이다. 더구나 손주까지 키워 주시면서 큰 희생도 마다하지 않으셨다.

그런데 나이 들면서 오히려 부모님의 삶이 빛나기 시작했다. 자식들에게 경제적으로 기대지 않도록 노후를 잘 준비하신 덕분이다. 전원으로 내려가신 두 분은 좋은 말년을 함께 보냈다. 비록 건강했던 시아버지가 폐암에 걸려 몇 년 고생을 하셨다. 하지만 마지막 순간은 평소처럼 생활하다가 집에서 주무시듯 편안히 돌아가셨다.

이제 내게는 팔순 넘은 시어머니와 칠순 중반을 넘긴 친정엄마만 남았다. 혼자서도 씩씩하게 삶을 이어 나가는 두 분을 볼 때마다 자식으로서, 또 여자로서 용기를 얻는다. 여전히 두 분은 부지런히 움직이고 잘 드시면서 건강을 챙긴다. 노년에 병들어 자식한테 큰 걱정을 끼칠까 두렵다며 당신들 몸을 미리미리 잘 돌본다.

나도 단단히 결심했다. 우리 부모님처럼 나이 들수록 더 빛나는 부모가 되기로. 중년보다는 말년이 더 편안한 부모가 되기로. 자식 사는 거 걱정하기보다는 우리나 잘 살 궁리를 하기로. 그것이 진정 자식을 위하는 길이라는 걸 알았기 때문이다.

그러기 위해선 반드시 두 가지를 잘 준비하고 실천해야 한다. 자식에게 기댈 생각 말고 스스로 노후 생활을 잘 책임질 것. 아프지 않도록 평소 꾸준히 운동하고 죽기 전까지 건강을 잘 챙길 것. 내가 왜 뒤늦게 마녀체력이 되었는지 이제 아시겠는가.

그런데 말이다, 시장 바닥에 앉아 온종일 마늘을 까는 할머니는 어쩌나. 날마다 리어카에 폐지를 잔뜩 싣고 가는 할아버지는 어쩌나. 평생을 뼈 빠지게 노동하면서도 끔찍한 가난에서 벗어나지 못하는 노인들에게 왜 노후 준비를 안 했냐고 누가 타박할 수 있단 말인가.

"끝이 없는 노동. 아무도 날 이런 고된 노동에서 구해줄 수 없구나 하는 깨달음. 일을 하지 못하게 되는 순간이 오면 어쩌나 하는 걱정. 그러니까 내가 염려하는 건 언제나 죽음이 아니라 삶이다. 어떤 식으로든 살아 있는 동안엔 끝나지 않는 이런 막막함을 견뎌 내야 한다. 나는 이 사실을 너무 늦게 알아 버렸다. 어쩌면 이건 늙음의 문제가 아닐지도 모른다."

김혜진의 소설 〈딸에 대하여〉에선 예순 넘어서도 요양 보호사로 일해야 하는 늙은 엄마의 삶이 고단하게 그려진다. 그녀 말대로 늙음이 아닌 '시대의 문제'라면, 고되게 노동하는데도 개인 힘으로 어쩔 수 없다면, 결국은 사회와 국가가 구제할 도리밖에 없다. 빛나는 부모로는 살지 못한다 해도, 늙고 힘없는 육체를 쉴 수 있도록 지원해야 한다. 왜 그래야 하냐고? 흙 속에 묻히기 전까지 시간의 차만 있을 뿐, 누구나 어쩔 수 없이 노인이 되는 운명이기 때문이다.

언젠가는 다시 나이든 부부만 남는다

딸이 하나 있으면, 싶을 때가 있었다. 부부 싸움을 하고 나서였다. 차라리 소리를 지르면서 잘했니, 못했니 따졌다면 금세 화가 풀렸을 것이다. 체면 차리는 교양인 노릇을 하느라 남편과 나는 조개처럼 입을 다물었다. 한 집에 살면서 언제까지 말을 안 하고 견딜 것인가. 그래도 먼저 말을 거는 게 영 자존심이 상했다. 며칠 동안 이 몽룡과 성춘향 대화하듯 간신히 필요한 말만 하고 살았다. 그때 방자 노릇을 한 게 어린 아들이었다.

"아빠 밥 먹으라고 해."

"이거 엄마한테 갖다 줘."

아들이 눈치 빠르거나 애교가 넘쳤다면 어땠을까. 엄마 아빠 사이를 오가며 서로 말을 시키려고 애썼을 것이다. 겨울 왕국이 되어버린 집안 분위기를 따스하게 녹였을 것이다. 그런데 아들 녀석은 무심하게도 모른 척하거나, 딱 말만 전달하고는 제 역할을 끝냈다. 만약 다정한 딸이 있었다면 부모의 손을 끌어당기면서 억지로 화해를 시키지 않았을까. 종알종알 까불기만 했어도 어쩔 수 없이 웃으며 냉전을 풀기가 쉬웠을 것이다.

"너는 자식이 되어서, 어쩜 그렇게 애교가 없니?"

언젠가 타박을 했더니 어린 아들이 냉큼 대답하는 거다.

"엄마랑 아빠가 말도 안 하고 싸우는데, 저라고 기분이 좋겠어요?"

아차, 어린애가 분위기 파악을 못한다고 생각한 건 내 착각이었다. 오히려 눈치가 너무 빨라서 자기 식으로 부모에게 항의를 한 것도 몰랐다. 생각할수록 부끄럽다. 성숙하지 못한 어른이요, 철이 덜 든 부모였다.

〈최성애·존 가트맨 박사의 내 아이를 위한 감정 코칭〉에서는 부부의 화목이 아이의 감정에 큰 영향을 미친다고 강조한다. 특히 내 얼굴을 빨갛게 물들인 문장이 있었다.

"부모가 싸우면 어떻게 하든 안간힘을 쓰며 부모를 중재하려는 아이가 있는가 하면, 자신과는 전혀 상관없는 일이라는 듯 무심하게 자기 방에서 제 할 일을 하는 아이도 있습니다. 하지만 어떤 반응을 보이는 아이든지 실제 소변 검사를 해보면 다량의 스트레스 호르몬이 검출됩니다. 부모의 불화는 아이에게 매우 큰 스트레스와 고통을 주는 것입니다."

같이 사는 부부가 어떻게 안 싸우고 살 수 있나. 아이 앞에서만 싸우지 않은 척해 봤자 금방 들통 난다. 오히려 왜 싸웠는지 차분히 말해 주고, 어른스럽게 화해하는 과정을 보여주는 것이 중요하다. 그래야 아이들은 덜 불안해하며, 부모에게서 싸움과 화해의 기술을 배운다는 거다.

아이에게 잘하려는 노력보다 부부 관계를 개선하려는 노력을 먼저 하란다. 이것이야말로 자녀교육의 핵심이자 육아의 제1원칙일 수도 있겠다. 배우자랑 잘 사는 건 이미 포기했고 아이나 바라보면서 잘 키우겠다고 맘먹은 분들, 지금부터라도 궤도 수정이 필요하다.

둘이서 오붓하게 살던 좁디좁은 신혼집. 세 식구가 수없이 이사를 다녔던 전셋집. 고생 끝에 드디어 아파트도 장만했겠다, 언제까지 셋이서 비둘기처럼 머리를 맞

대고 살 줄 알았다. 스무 살 된 아들이 나가 살던 몇 년
간, 갑자기 신혼 때처럼 둘만 남은 우리는 적적함과 어
색함 사이에서 안절부절못했다. 아마 내 부모님도, 시부
모님도 그랬을 거다. 자식을 키운 부모라면 대부분 거치
는 과정이다.

"한때 아이들이 시끄럽게 뛰어놀던 거실에는 어둠과
침묵이 짙게 깔리고, 이제는 미움도 사랑도 희석된 채 이
따금 서로를 연민으로 바라보는 두 사람만이 오도카니
남았다."

김애란 작가의 부모님도 예외가 아니라는 걸 〈잊기
좋은 이름〉을 읽고 알았다. 두 분은 거실에 군용 담요를
깔고 '맞고'를 쳤단다. 우리 부모님도 때로는 '맞고'로,
때로는 여행으로 적적함을 달랬다. 시부모님은 시골 동
네 분들과 '게이트볼'을 배우기 시작했다.

평소 부부 동반 모임이 잦고, 운동하는 취미를 공유
한 덕분일까. 우리는 얼른 둘만의 생활에 적응해 나갔
다. 적적함을 누르고 자유로움을 만끽했다. 새로 배드민
턴을 배우면서 친구들과 만나는 시간을 늘렸다. 휴가 때
면 히말라야로, 몽블랑으로 트레킹을 떠났다. 동네 허름
한 식당에서 순두부찌개를 사 먹으면서도 맛있다고 호
호거렸다.

아직도 뜨겁게 사랑하느냐고? 무슨 그런 어마무시

한 소리를. 그저 무의식적으로 깨달았다. 이제는 의지할 사람이 서로밖에 없다는 것을. 둘 사이를 왔다 갔다 하면서 그나마 말을 전달해 줄 자식이 곁에 없다는 것을. 함께 살아온 세월보다 훨씬 긴 나날을 계속 둘이서만 살아야 한다는 것을. 누구 한 사람이 먼저 죽기 전까지 말이다.

아들이 다시 집으로 돌아오긴 했지만 이제는 다정한 하숙생쯤으로 여긴다. 언젠가는 또 나이든 우리만 남을 것이다. 그게 부모와 자식에게 주어진 운명이니까. 자식만 해바라기처럼 바라보며 산 부부들은 '빈 둥지 증후군'에 빠질 위험이 크다. 빠르든 늦든 정적으로 가득한 집에 둘만 남는다는 사실을 받아들이고 미리 대비해야 한다.

맘에 안 드는 구석이 있어도 할 수 없다. 애틋한 눈으로 바라보고, 인내심을 보이며 넘어 가자. 서로에게 자유로움을 선사하고, 웬만하면 알았다며 고개를 끄덕이자. 나이든 부부가 다툼 없이 그럭저럭 잘 사는 것. 그것이 부모로서 자식에게 마지막으로 베푸는 선한 영향력이다.

사랑하는 아들에게 남기는 유언장

마치 내 이름이 적힌 '데스노트'라도 주운 것처럼 내가 언제 어떻게 죽을지 미리 알 수 있다면 어떨까? 글쎄다, 그게 좋은 건지 잘 모르겠다. 깨끗이 주변 정리를 할 시간은 생기겠지만 좀 무서울 것 같기도 하다. 그래서 옛 어른들은 잠자듯이 저세상으로 가는 것을 제일 부러워했나 보다.

한 가지 사실만큼은 분명히 알 수 있다. 인간이라면 누구나 언젠가는 죽는다는 것. 그런데 참 이상하지. 영원히 살 것처럼 자신을 불사조로 여기는 사람들이 많아

보인다. 하늘이 꾸물거리면 우산을 가방에 넣고, 날이 쌀쌀해지면 긴팔 옷을 꺼내 입으면서 왜 반드시 찾아올 죽음은 나 몰라라 하는 걸까. 내일 당장이라도 뜻하지 않게 삶과 이별할 수 있기에 우산보다 긴팔 옷보다 먼저 죽음을 준비해야 하는 게 아닐까.

내가 바라는 게 하나 있다면 튼튼한 마녀체력 할머니로 살면서 죽는 순간까지 명철한 정신 줄을 유지하는 것이다. 생이 얼마 남지 않았다는 걸 느끼며 남은 가족과 평화롭게 이별하고 싶다. 그런 아름다운 마무리가 귀한 걸 보면 전생과 후생을 어지간히 잘 산 사람에게나 주어지는 축복이려나.

매일 매일을 '내일 죽을 사람처럼' 후회 없이 살기란 생각보다 어렵다. 그래서 내 나름대로 죽음을 준비하는 방법을 생각해 봤다. 미리 아이 이름을 지어 놓듯, 자식의 결혼식을 상상해 보듯, 내가 없어진 하늘 아래 남을 아들에게 유언장을 남기는 것. 어쩌면 그것이 나 같은 평범한 엄마가 담담하게 사과나무를 심는 최선의 방식이 아닐까. 말로 전하면 어쩐지 눈물이 날 것 같아 글로 남긴다.

사랑하는 아들아.

살아 있는 건강한 몸이 소중하지, 죽어서 멀쩡한 육신
은 필요 없다. 진작부터 장기 기증 의사를 밝혀 놨으니,
조금이라도 누군가에게 쓸모가 있다면 좋겠구나. 남은
게 있다면 화장하고, 시골집 마당 소나무 밑에 묻어라.
뼛가루가 흙으로, 나무로, 연못으로 돌아가도록. 장례
절차는 간소히 하고, 제사는 지내지 마라. 정 섭섭하면
백중날, 가족이 다니던 절에 들러 명복을 빌어 주렴.

엄마도 어쩔 수 없이 치매에 걸리거나 노쇠하여 정신이
흐릿해지는 날이 올지도 모른다. 세상을 뜨는 순간까지
내 힘으로 호흡하고 음식을 삼키면 좋겠다만, 기계의 힘
을 빌려서 수명을 연장하고 싶지 않다. 의식이 없는 채
로 인공호흡기를 달거나 억지로 삽관을 하는 상황이 생
기지 않게 해 다오. 고통을 끝내고 저세상으로 편안히
돌아갈 수 있도록 그만 엄마를 놔줘야 할 때란다.

아마도 미련이 많아 남겨 놓은 책들이 가장 골칫덩어리
가 되겠구나. 죽기 전에 한 번 더 읽고 싶은 책들만 남
았을 테니, 이왕이면 꼭 읽어 보고 버려라. 네게 돌아갈
유산은 엄마가 살던 집 한 채뿐일 거다. 내 노동으로 모

은 돈은 빛나는 부모로 살기 위해 쓰려고 철저히 계산해 놨단다. 다행히 유족 연금을 조금이라도 받을 수 있다면, 이왕이면 그 돈은 체력을 키우는 데 써라.

편집자로 살아온 엄마답게 마지막 말은 책에서 인용하고 싶구나. 미국의 의사 폴 칼라니티는 죽는 순간까지 환자를 돌보면서 서른여섯의 짧은 생을 뜨겁게 불살랐다. 유작 〈숨결이 바람 될 때〉를 쓰면서, 그는 맨 마지막 페이지에 8개월짜리 딸에게 유언을 남겼다.

"네가 어떻게 살아왔는지, 무슨 일을 했는지, 세상에 어떤 의미 있는 일을 했는지 설명해야 하는 순간이 온다면, 바라건대 네가 죽어가는 아빠의 나날을 충만한 기쁨으로 채워줬음을 빼놓지 말았으면 좋겠구나."

엄마 마음도 똑같다. 아들아, 태어나는 순간부터 네 존재만으로 부모에게 축복이고 기쁨이며 선물이었다. 네 엄마로 사는 동안 행복했다. 고맙다. 사랑한다.

새옹지마, 모든 건 마음먹기에 달렸다

변방에 한 노인이 살았다. 어느 날 애지중지 기르던 말이 도망쳤는데도 덤덤했다.

"이게 복이 될지 어찌 알겠는가."

얼마 후 그 말이 야생마 무리를 이끌고 돌아왔지만 기뻐하지 않았다.

"이게 재앙이 될지 누가 알겠는가."

아니나 다를까 사랑하는 아들이 야생마를 타다 떨어져 다리를 크게 다쳤다. 노인은 왠지 슬퍼하지 않았다. 얼마 뒤 전쟁이 일어나 수많은 젊은이들이 전장에 나가 죽었다. 다리를 다친 아들은 징집되지 않고 무사히 살아남았다.

중학교 한문 시간에 처음 '새옹지마塞翁之馬'의 유래를 전해 들었다. 머릿속에 '유레카'가 울려 퍼졌다. 열다섯 살짜리가 인생의 숨은 비밀을 알아챈 순간이었다. 달이 차면 기울고, 기운 달은 다시 차는 이치와 같구나. 이 흥분은 일기장에만 끼적인 채 금세 까먹고 말았다. 수없이 자만과 슬픔을 반복하는 가벼운 어른이 되었다.

아이를 낳고 키우는 동안 종종 '새옹지마'를 중얼거렸다. 하필이면 왜 말과 아들을 등장시켜 일희일비하지 말라는 교훈을 주었을까. 20년 넘게 부모로 살다 보니 옛 현인이 남긴 뜻을 슬며시 알 것도 같았다.

세상만사 중에서 특히 '돈과 자식'은 함부로 장담할 일이 아니다. 교만하다가 큰코다치기를 여러 번. 가장 절망했던 순간들은 되짚어 보니 오히려 삶의 지렛대 역할을 했다. 그러니 눈앞에 벌어진 일에 연연하지 말고, 인생을 길게 내다보라는 의미였다.

이 책을 마무리하는 지금, 온 세상이 코로나 바이러스로 몸살을 앓고 있다. 한치 앞이 보이지 않는 대재앙의 시대에 언제나 가장 큰 피해자는 여성이었다. 그중에서도 더 약자는 엄마들이다. 각박해진 경제 사정, 늘어난 가사노동은 엄마들의 몸을 망가뜨린다. 아이들에 대한 불안함, 해소할 데 없는 스트레스는 엄마들의 정신을 좀먹는다.

그렇다고 속수무책 당하고만 있을 것인가. 〈남의 마음을 흔드는 건 다 카피다〉를 쓴 이원흥은 말했다. "잘 나갈 때의 겸손보다 일과 인생이 바닥일 때의 찌그러지지 않는 품성이 훨씬 더 중요하다"고.

우울해 하거나 걱정만 하는 건 아무런 도움도 되지 않는다. 이럴 때일수록 마음을 대범하게 먹고 덤덤히 고비를 넘겨야 한다. 이 재앙이 복이 될지 누가 알겠는가. 절망스러운 상황은 어쩔 수 없지만, 절망하지 않는 건 마음먹기에 달렸다. 어쩌면 그것이 '새옹지마'가 주는 진정한 교훈이 아닐까.

〈마녀엄마〉야말로 '새옹지마'의 결과물이다. 강의와 일정이 급작스레 취소되면서 뜻하지 않게 글을 쓸 시간이 많아졌다. 아이와 함께 넘어온 인생의 굽이를 되돌아보면서, 누구보다 내 자신이 위안을 받았다. 〈마녀체력〉이 여자들 몸에 동기 부여를 했다면, 〈마녀엄마〉는 같은 시대를 살아가는 엄마들 마음을 다독이면 좋겠다.

힘내라, 엄마들. 우리는 약자 같지만, 누구보다 강한 존재다. 미래의 씨앗을 품은 엄마들은 많은 걸 바꿀 수 있다. ◉

책 속 책 목록

<대한민국 부모>, 이승욱, 신희경, 김은산, 문학동네, 307쪽

<엄마 반성문>, 이유남, 덴스토리

<엄마의 자존감 공부>, 김미경, 21세기북스

<고령화 가족>, 천명관, 문학동네, 10쪽

<즐거운 나의 집>, 공지영, 해냄, 314쪽

<대리사회>, 김민섭, 와이즈베리, 117쪽

<나쁜 대학>, 앤드루 퍼거슨, 공진호 옮김, 윌북

<햄릿>, 윌리엄 셰익스피어, 노승희 옮김, 펭귄클래식코리아, 115쪽

<빅터 프랭클의 죽음의 수용소에서>, 빅터 프랭클, 이시형 옮김, 청아출판사,
    108쪽

<생각의 좌표>, 홍세화, 한겨레출판, 50쪽

<우리는 왜 공부할수록 가난해지는가>, 천주희, 사이행성, 13쪽

<믿는 만큼 자라는 아이들>, 박혜란, 나무를심는사람들, 20쪽, 47쪽

<헬렌 니어링의 소박한 밥상>, 헬렌 니어링, 공경희 옮김, 디자인하우스, 24쪽

<잘돼가? 무엇이든>, 이경미, 아르테, 189쪽

<5년 만에 신혼여행>, 장강명, 한겨레출판, 37쪽

<다윗과 골리앗>, 말콤 글래드웰, 김규태 옮김, 김영사

<양육가설>, 주디스 리치 해리스, 최수근 옮김, 이김, 490쪽

<바람이 수를 놓는 마당에 시를 걸었다>, 공상균, 나비클럽

<임계장 이야기>, 조정진, 후마니타스, 39쪽, 259쪽

<딸에 대하여>, 김혜진, 민음사, 22쪽

<잊기 좋은 이름>, 김애란, 열림원, 111쪽

<최성애·존 가트맨 박사의 내 아이를 위한 감정코칭>, 최성애, 조벽, 존 가트맨,
    해냄, 141쪽

<숨결이 바람 될 때>, 폴 칼라니티, 이종인 옮김, 흐름출판, 234쪽

<남의 마음을 흔드는 건 다 카피다>, 이원흥, 좋은습관연구소, 18쪽

*책 속 내용을 직접 인용한 경우에만 해당 쪽번호를 표기했습니다.

도서출판 남해의봄날 비전북스 23

우리 인생에 모범답안은 정해져 있지 않습니다. 대다수가 선택하고, 원하는
길이라 해서 그곳이 내 삶의 동일한 목적지는 될 수 없습니다. 진정한 자유를 위해
용기 있는 삶을 선택한 사람들의 가슴 뛰는 이야기에 독자 여러분을 초대합니다.

마녀엄마

육아를 빙자한 마녀체력 엄마의 성장기록

초판 1쇄 펴낸날	2020년 11월 11일
3쇄 펴낸날	2023년 6월 20일

지은이	이영미
편집인	장혜원책임편집 박소희 천혜란
마케팅	황지영
디자인	류지혜
일러스트레이션	조영글

종이와 인쇄	미래상상

펴낸이	정은영편집인
펴낸곳	(주)남해의봄날
	경상남도 통영시 봉수로 64-5
	전화 055-646-0512
	팩스 055-646-0513
	이메일 books@namhaebomnal.com
	페이스북 /namhaebomnal
	인스타그램 @namhaebomnal
	블로그 blog.naver.com/namhaebomnal

ISBN 979-11-85823-63-8 03810
© 이영미, 2020